轻阅读 书系

# 缀网劳蛛

许地山 著

北方联合出版传媒(集团)股份有限公司
万卷出版公司

© 许地山 2015

**图书在版编目（CIP）数据**

缀网劳蛛 / 许地山著 . —— 沈阳：万卷出版公司，
2015.6（2023.5 重印）
　（轻阅读）
　ISBN 978-7-5470-3615-0

Ⅰ . ①缀… Ⅱ . ①许… Ⅲ . ①短篇小说 – 小说集 – 中
国 – 现代 Ⅳ . ① I246.7

中国版本图书馆 CIP 数据核字 (2015) 第 068779 号


出 品 人：王维良
出版发行：北方联合出版传媒（集团）股份有限公司
　　　　　万卷出版公司
　　　　　（地址：沈阳市和平区十一纬路 29 号　邮编：110003）
印 刷 者：三河市双升印务有限公司
经 销 者：全国新华书店
幅面尺寸：150mm×215mm
字　　数：115 千字
印　　张：11
出版时间：2015 年 6 月第 1 版
印刷时间：2023 年 5 月第 2 次印刷
责任编辑：胡　利
责任校对：张　莹
封面设计：王晓芳
内文制作：王晓芳
ISBN 978-7-5470-3615-0
定　　价：49.00 元
联系电话：024-23284090
传　　真：024-23284448

# 序 言

　　年少读书，老师总以"生而有涯，学而无涯"相勉励，意思是知识无限而人生有限，我们少年郎更得珍惜时光好好学习。后来读书多了，才知庄子的箴言还有后半句："以有涯随无涯，殆已！"顿感一代宗师的见识毕竟非一般学究夫子可比。

　　一代美学家、教育家朱光潜老先生也曾说："书是读不尽的，就读尽也是无用。"理由是"多读一本没有价值的书，便丧失可读一本有价值的书的时间和精力"，可见"英雄所见略同"。

　　当代人的生活节奏越来越快，很多人感慨抽出时间来读书俨然成为一种奢侈。既然我们能够用来读书的时间越来越宝贵，而且实际上也并非每本书都值得一读，那么如何从浩瀚的书海中挑出真正适合自己的好书，就成为一项重要且必不可少的工作。于是，我们编纂了这套"轻阅读"书系，希望以一愚之得为广大书友们做一些粗浅的筛选工作。

　　本辑"轻阅读"主要甄选的是民国诸位大师、文豪的著作，兼选了部分同一时期"西学东渐"引入国内的外国名著。我们之所以选择这个时期的作品作为我们这套书系的第一辑，原因几乎是不言而喻的——这个时期是中国学术史上一个大时代，只有春秋战国等少数几个时代可以与之媲美，而且这个时代创造或引进的思想、文化、学术、文学至今对当代人还有着深远的影响。

当然，己所欲者，强施于人也是不好的，我们无意去做一个惹人生厌的、给人"填鸭"的酸腐夫子。虽然我们相信，这里面的每一本书都能撼动您的心灵，启发您的思想，但我们更信任读者您的自主判断，这么一大套书系大可不必读尽。若是功力不够，勉强读尽只怕也难以调和、消化。崇敬慷慨激昂的闻一多的读者未必也欣赏郁达夫的颓废浪漫；听完《猛回头》《警世钟》等铿锵澎湃的革命号角，再来朗读《翡冷翠的一夜》等"吴侬软语"也不是一个味儿。

读书是一件惬意的事，强制约束大不如随心所欲。偷得浮生半日闲，泡一杯清茶，拉一把藤椅，在家中阳光最充足的所在静静地读一本好书，聆听过往大师们穿越时空的凌云舒语，岂不快哉？

周志云

# 目 录

命命鸟·······················································1

商人妇······················································20

换巢鸾凤···················································37

黄昏后······················································65

缀网劳蛛···················································79

无法投递之邮件········································100

海世间····················································117

海角的孤星··············································120

醍醐天女·················································125

枯杨生花·················································131

读《芝兰与茉莉》因而想及我的祖母··········150

慕···························································165

# 命命鸟

敏明坐在席上，手里拿着一本《八大人觉经》，流水似的念着。她的席在东边的窗下，早晨的日光射在她脸上，照得她的身体全然变成黄金的颜色。她不理会日光晒着她，却不歇地抬头去瞧壁上的时计，好像等什么人来似的。

那所屋子是佛教青年会的法轮学校。地上满铺了日本花席，八九张矮小的几子横在两边的窗下。壁上挂的都是释迦牟尼的事迹，当中悬着一个卍字徽章和一个时计。一进门就知那是佛教的经堂。

敏明那天来得早一点，所以屋里还没有人。她把各样功课念过几遍，瞧壁上的时计正指着六点一刻。她用手挡住眉头，望着窗外低声地说："这时候还不来上学，莫不是还没有起床？"敏明所等的是一位男同学加陵。他们是七八年的老同学，年纪也是一般大。他们的感情非常的好，就是新来的同学也可以瞧得出来。

缀网劳蛛

"铿铛……铿铛……"一辆电车循着铁轨从北而来，驶到学校门口停了一会。一个十五六岁的美男子从车上跳下来。他的头上包着一条苹果绿的丝巾；上身穿着一件雪白的短褂；下身围着一条紫色的丝裙；脚下踏着一双芒鞋，俨然是一位缅甸的世家子弟。这男子走进院里，脚下的芒鞋拖得拍答拍答地响。那声音传到屋里，好像告诉敏明说："加陵来了！"

敏明早已瞧见他，等他走近窗下，就含笑对他说："哼哼，加陵！请你的早安。你来得算早，现在才六点一刻咧。"加陵回答说："你不要讥诮我，我还以为我是第一早的。"他一面说一面把芒鞋脱掉，放在门边，赤着脚走到敏明跟前坐下。

加陵说："昨晚上父亲给我说了好些故事，到十二点才让我去睡，所以早晨起得晚一点。你约我早来，到底有什么事？"敏明说："我要向你辞行。"加陵一听这话，眼睛立刻瞪起来，显出很惊讶的模样，说："什么？你要往哪里去？"

敏明红着眼眶回答说："我的父亲说我年纪大了，书也念够了，过几天可以跟着他专心当戏子去，不必再像从前念几天唱几天那么劳碌。我现在就要退学，后天将要跟他上普朗去。"

加陵说："你愿意跟他去么？"敏明回答说："我为什么不愿意？我家以演剧为职业是你所知道的。我父亲虽是一个很有名、很能赚钱的俳优，但这几年间他的身体渐渐软弱起来，手足有点不灵活，所以他愿意我和他一块儿排演。我在这事上很有长处，也乐得顺从他的命令。"加陵说："那么，我对于你的意思就没有换回的余地了。"敏明说："请你不必为这事纳闷。我们的离别必不能长久的。仰光是一所大城，我父亲和我必要常在这里演戏。有时到乡村去，也不过三两个星期就回来。这次到普朗去，也是要在那里耽搁八九天。请你放心……"

加陵听得出神，不提防外边早有五六个孩子进来，有一个顽皮的孩子跑到他们的跟前说："请'玫瑰'和'蜜蜂'的早安。"他又笑着对敏明说："'玫瑰'花里的甘露流出来咧。"——他瞧见敏明脸上有一点泪痕，所以这样说。西边一个孩子接着说："对呀！怪不得'蜜蜂'舍不得离开她。"加陵起身要追那孩子，被敏明拦住。她说："别和他们胡闹。我们还是说我们的吧。"加陵坐下，敏明就接着说："我想你不久也得转入高等学校，盼望你在念书的时候要忘了我，在休息的时候要记念我。"加陵说："我决不会把你忘了。你若是过十天不回来，或者我会到普朗去找你。"敏明说："不必如此。我过几天准能回来。"

说的时候，一位三十多岁的教师由南边的门进来。孩子们都起立向他行礼。教师蹲在席上，回头向加陵说："加陵，昙摩蜱和尚叫你早晨和他出去乞食。现在六点半了，你快去吧。"加陵听了这话，立刻走到门边，把芒鞋放在屋角的架上，随手拿了一把油伞就要出门。教师对他说："九点钟就得回来。"加陵答应一声就去了。

加陵回来，敏明已经不在她的席上。加陵心里很是难过，脸上却不露出什么不安的颜色。他坐在席上，仍然念他的书。晌午的时候，那位教师说："加陵，早晨你走得累了，下午给你半天假。"加陵一面谢过教师，一面检点他的文具，慢慢地走回家去。

加陵回到家里，他父亲婆多瓦底正在屋里嚼槟榔。一见

加陵进来，忙把沫红唾出，问道："下午放假么？"加陵说："不是，是先生给我的假。因为早晨我跟昙摩蜱和尚出去乞食，先生说我太累，所以给我半天假。"他父亲说："哦，昙摩蜱在道上曾告诉你什么事情没有？"加陵答道："他告诉我说，我的毕业期间快到了，他愿意我跟他当和尚去，他又说：这意思已经向父亲提过了。父亲啊，他实在向你提过这话么？"婆多瓦底说："不错，他曾向我提过。我也很愿意你跟他去。不知道你怎样打算？"加陵说："我现在有点不愿意。再过十五六年，或者能够从他。我想再入高等学校念书，盼望在其中可以得着一点西洋的学问。"他父亲诧异说："西洋的学问，啊！我的儿，你想差了。西洋的学问不是好东西，是毒药哟。你若是有了那种学问，你就要藐视佛法了。你试瞧瞧在这里的西洋人，多半是干些杀人的勾当，做些损人利己的买卖，和开些诽谤佛法的学校。什么圣保罗因斯提丢啦、圣约翰海斯苦尔啦，没有一间不是诽谤佛法的。我说你要求西洋的学问会发生危险就在这里。"加陵说："诽谤与否，在乎自己，并不在乎外人的煽惑。若是父亲许我入圣约翰海斯苦尔，我准保能持守得住，不会受他们的诱惑。"婆多瓦底说："我是很爱你的，你要做的事情，若是没有什么妨害，我一定允许你。要记得昨晚上我和你说的话。我一想起当日你叔叔和你的白象主提婆的事，就不由得我不恨西洋人。我最沉痛的是他们在蛮得勒将白象主掳去；又在瑞大光塔设驻防营。瑞大光塔是我们的圣地，他们竟然叫些行凶的人在那里住，岂不是把我们的戒律打破了么……我盼望你不要入他们的学校，还是清清净净去当沙门。一则可以为白象主忏悔；二则可以为你的父母积福；三则为你将来往生极乐的预备。出家能得这几种好处，总比西洋的学问强得多。"加陵说："出家修行，我也很愿意。但无论如何，现在决不能办。不如一面入学，一面跟着昙摩蜱学些经典。"婆多瓦底知道劝不过来，就说："你既是决意要入别的学校，我也无可奈何，我很喜欢你跟昙摩蜱学习经典。你毕业后就转入仰光高等学校吧，那学校对于缅甸的风俗比较保存一点。"加陵说："那么，我明天就去告诉昙摩蜱和法轮学校的教师。"婆多瓦底说："也好。今天的天气很清爽，下午你又没有功课，不如在午饭后一块儿到湖里逛逛。你就叫他们开饭吧。"婆多瓦底说完，就进卧房换衣服去了。

原来加陵住的地方离绿绮湖不远。绿绮湖是仰光第一大、第一好的公园，缅甸人叫他做干多支。"绿绮"的名字是英国人替它起的。湖边满是热带植物。那些树木的颜色、形态，都是很美丽，很奇异。湖西远远望见瑞大光，那塔的金色光衬着湖边的椰树、蒲葵，直像王后站在水边，后面有几个宫女持着羽葆随着她一样。此外好的景致，随处都是。不论什么人，一到那里，心中的忧郁立刻消灭。加陵那天和父亲到那里去，能得许多愉快是不消说的。

过了三个月，加陵已经入了仰光高等学校。他在学校里常常思念他最爱的朋友敏明。但敏明自从那天早晨一别，老是没有消息。有一天，加陵回家，一进门仆人就递封信给他。拆开看时，却是敏明的信。加陵才知道敏明早已回来，他等不得见父亲的面，翻身出门，直向敏明家里奔来。

敏明的家还是住在高加因路，那地方是加陵所常到的。

缀网劳蛛

女仆玛弥见他推门进来，忙上前迎他说："加陵君，许久不见啊！我们姑娘前天才回来的。你来得正好，待我进去告诉她。"她说完这话就速速进里边去，大声嚷道："敏明姑娘，加陵君来找你呢。快下来吧。"加陵在后面慢慢地走，待要踏入厅门，敏明已迎出来。

敏明含笑对加陵说："谁教你来的呢？这三个月不见你的信，大概因为功课忙的缘故吧。"加陵说："不错，我已经入了高等学校，每天下午还要到昙摩蜱那里……唉，好朋友，我就是有工夫，也不能写信给你。因为我抓起笔来就没了主意，不晓得要写什么才能叫你觉得我的心常常有你在里头。我想你这几个月没有信给我，也许是和我一样地犯了这种毛病。"敏明说："你猜的不错。你许久不到我屋里了，现在请你和我上去坐一会。"敏明把手搭在加陵的肩胛上，一面吩咐玛弥预备槟榔、淡巴菰<sup>①</sup>和些少细点，一面携着加陵上楼。

敏明的卧室在楼西。加陵进去，瞧见里面的陈设还是和从前差不多。楼板上铺的是土耳其绒毡。窗上垂着两幅很细致的帷子。她的食具就放在窗边。外头悬着几盆风兰。瑞大光的金光远远地从那里射来。靠北是卧榻，离地约一尺高，上面用上等的丝织物盖住。壁上悬着一幅提婆和率裴雅洛观剧的画片。还有好些绣垫散布在地上。加陵拿一个垫子到窗边，刚要坐下，那女仆已经把各样吃的东西捧上来。"你嚼槟榔啵。"敏明说完这话，随手送了一个槟榔到加陵嘴里，然后靠着她的镜台坐下。

加陵嚼过槟榔，就对敏明说："你这次回来，技艺必定很

① 淡巴菰：烟草的旧时译名。

长进，何不把你最得意的艺术演奏起来，我好领教一下。"敏明笑说："哦，你是要瞧我演戏来的。我死也不演给你瞧。"加陵说："有什么妨碍呢？你还怕我笑你不成？快演吧，完了咱们再谈心。"敏明说："这几天我父亲刚刚教我一套雀翎舞，打算在涅槃节期到比古演奏，现在先演给你瞧吧。我先舞一次，等你瞧熟了，再奏乐和我。这舞蹈的谱可以借用'达撒罗撒'，歌谱借用'恩斯民'。这两支谱，你都会么？"加陵忙答应说："都会，都会。"

加陵擅于奏巴打拉<sup>①</sup>，他一听见敏明叫他奏乐，就立刻叫玛弥把那种乐器搬来。等到敏明舞过一次，他就跟着奏起来。

敏明两手拿住两把孔雀翎，舞得非常的娴熟。加陵所奏的巴打拉也还跟得上，舞过一会，加陵就奏起"恩斯民"的曲调，只听敏明唱道：

> 孔雀！孔雀！你不必赞我生得俊美；
> 我也不必嫌你长得丑劣。
> 咱们是同一个身心，
> 同一副手脚。
> 我和你永远同在一个身里住着，
> 我就是你啊，你就是我。
> 别人把咱们的身体分做两个，
> 是他们把自己的指头压在眼上，
> 所以会生出这样的错。
> 你不要像他们这样的眼光。

———
① 巴打拉：一种竹制的乐器。

缀网劳蛛

要知道我就是你啊，你就是我。

敏明唱完，又舞了一会。加陵说："我今天才知道你的技艺精到这个地步。你所唱的也是很好。且把这歌曲的故事说给我听。"敏明说："这曲倒没有什么故事，不过是平常的恋歌，你能把里头的意思听出来就够了。"加陵说："那么，你这支曲是为我唱的。我也很愿意对你说：我就是你，你就是我。"

他们二人的感情几年来就渐渐浓厚。这次见面的时候，又受了那么好的感触，所以彼此的心里都承认他们求婚的机会已经成熟。

敏明愿意再帮父亲二三年才嫁，可是她没有向加陵说明。加陵起先以为敏明是一个很信佛法的女子，怕她后来要到尼庵去实行她的独身主义，所以不敢动求婚的念头。现在瞧出她的心志不在那里，他就决意回去要求婆多瓦底的同意，把她娶过来。照缅甸的风俗，子女的婚嫁本没有要求父母同意的必要，加陵很尊重他父亲的意见，所以要履行这种手续。

他们谈了半晌工夫，敏明的父亲宋志从外面进来，抬头瞧见加陵坐在窗边，就说："加陵君，别后平安啊！"加陵忙回答他，转过身来对敏明说："你父亲回来了。"敏明待下去，她父亲已经登楼。他们三人坐过一会，谈了几句客套，加陵就起身告辞。敏明说："你来的时间不短，也该回去了。你且等一等，我把这些舞具收拾清楚，再陪你在街上走几步。"

宋志眼瞧着他们出门，正要到自己屋里歇一歇，恰好玛弥上楼来收拾东西。宋志就对她说："你把那盘槟榔送到我屋里去吧。"玛弥说："这是他们剩下的，已经残了。我再给你拿些新鲜的来。"

玛弥把槟榔送到宋志屋里，见他躺在席上，好像想什么事情似的。宋志一见玛弥进来，就起身对她说："我瞧他们两人实在好得太厉害。若是敏明跟了他，我必要吃亏。你有什么好方法教他们二人的爱情冷淡没有？"玛弥说："我又不是蛊师，哪有好方法离间他们？我想主人你也不必想什么方法，敏明姑娘必不至于嫁他。因为他们一个是属蛇，一个是属鼠的，就算我们肯将姑娘嫁给他，他的父亲也不愿意。"宋志说："你说的虽然有理，但现在生肖相克的话，好些人都不注重了。倒不如请一位蛊师来，请他在二人身上施一点法术更为得计。"

　　印度支那间有一种人叫蛊师，专用符咒替人家制造命运。有时叫没有爱情的男女，忽然发生爱情；有时将如胶似漆的夫妻化为仇敌。操这种职业的人以暹罗的僧侣最多，且最受人信仰。缅甸人操这种职业的也不少。宋志因为玛弥的话提醒他，第二天早晨他就出门找蛊师去了。

　　晌午的时候，宋志和蛊师沙龙回来。他让沙龙进自己的卧房。玛弥一见沙龙进来，木鸡似的站在一边。她想到昨天在无意之中说出蛊师，引起宋志今天的实行，实在对不起她的姑娘。

　　她想到这里，就一直上楼去告诉敏明。

　　敏明正在屋里念书，听见这消息，急和玛弥下来，蹑步到屏后，倾耳听他们的谈话。只听沙龙说："这事很容易办。你可以将她常用的贴身东西拿一两件来，我在那上头画些符，念些咒，然后给回她用，过几天就见功效。"宋志说："恰好这里有她一条常用的领巾，是她昨天回来的时候忘记带上去

缀网劳蛛

的。这东西可用吗？"沙龙说："可以的，但是能够得着……"

敏明听到这里已忍不住，一直走进去向父亲说："阿爸，你何必摆弄我呢？我不是你的女儿么？我和加陵没有什么意，请你放心。"宋志蓦地里瞧见他女儿进来，简直不知道要用什么话对付她。沙龙也停了半晌才说："姑娘，我们不是谈你的事。请你放心。"敏明斥他说："狡猾的人，你的计我已知道了。你快去办你的事吧？"宋志说："我的儿，你今天疯了么？你且坐下，我慢慢给你说。"

敏明哪里肯依父亲的话，她一味和沙龙吵闹，弄得她父亲和沙龙很没趣。不久，沙龙垂着头走出来；宋志满面怒容蹲在床上吸烟；敏明也忿忿地上楼去了。

敏明那一晚上没有下来和父亲用饭。她想父亲终究会用蛊术离间他们，不由得心里难过。她躺在床上翻来覆去。绣枕早已被她的眼泪湿透了。

第二天早晨，她到镜台梳洗，从镜里瞧见她满面都是鲜红色——因为绣枕褪色，印在她的脸上——不觉笑起来。她把脸上那些印迹洗掉的时候，玛弥已捧一束鲜花、一杯咖啡上来。敏明把花放在一边，一手倚着窗棂，一手拿住茶杯向窗外出神。

她定神瞧着围绕瑞大光的彩云，不理会那塔的金光向她的眼睑射来，她精神因此就十分疲乏。她心里的感想和目前的光融洽，精神上现出催眠的状态。她自己觉得在瑞大光塔顶站着，听见底下的护塔铃叮叮当当地响。她又瞧见上面那些王侯所献的宝石，个个都发出很美丽的光明。她心里喜欢得很，不歇用手去摩弄，无意中把一颗大红宝石摩掉了。她忙要俯身去捡时，那宝石已经掉在地上，她定神瞧着那空儿，要求那宝石掉下的缘故，不觉有一种更美丽的宝光从那里射出来。她心里觉得很奇怪，用手扶着金壁，低下头来要瞧瞧那空儿里头的光景。不提防那壁被她一推，渐渐向后，原来是一扇宝石的门。

那门被敏明推开之后，里面的光直射到她身上。她站在外边，望里一瞧，觉得里头的山水、树木，都是她平生所不曾见过的。她在不知不觉中，已经向前走了几十步。耳边恍惚听见有人对她说："好啊！你回来啦。"敏明回头一看，觉得那人很熟悉，只是一时不能记出他的名字。她听见"回来"这两字，心里很是纳闷，就向那人说："我不住在这里，为何说我回来？你是谁？我好像在哪里与你会过似的。这是什么地方？"那人笑说："哈哈！去了这些日子，连自己家乡和平日间往来的朋友也忘了。肉体的障碍真是大哟。"敏明听了这话，简直莫名其妙。又问他说："我是谁？有那么好福气住在这里。我真是在这里住过吗？"那人回答说："你是谁？你自己知道。若是说你不曾住过这里，我就领你到处逛一逛，瞧你认得不认得。"

敏明听见那人要领她到处去逛逛，就忙忙答应，但所见的东西，敏明一点也记不清楚，总觉得样样都是新鲜的。那人瞧见敏明那么迷糊，就对她说："你既然记不清，待我一件一件告诉你。"

敏明和那人走过一座碧玉牌楼。两边的树罗列成行，开着很好看的花。红的、白的、紫的、黄的，各色齐备。树上有些鸟声，唱得很好听。走路时，有些微风慢慢吹来，吹得

缀网劳蛛

各色的花瓣纷纷掉下：有些落在人的身上；有些落在地上；有些还在空中飞来飞去。敏明的头上和肩膀上也被花瓣贴满，遍体熏得很香。那人说："这些花木都是你的老朋友，你常和它们往来。它们的花是长年开放的。"敏明说："这真是好地方，只是我总记不起来。"

走不多远，忽然听见很好的乐音。敏明说："谁在那边奏乐？"那人回答说："哪里有人奏乐，这里的声音都是发于自然的。你所听的是前面流水的声音。我们再走几步就可以瞧见。"进前几步果然有些泉水穿林而流。水面浮着奇异的花草，还有好些水鸟在那里游泳。敏明只认得些荷花、鸂鶒，其余都不认得。那人很不惮烦，把各样的东西都告诉她。

他们二人走过一道桥，迎面立着一片琉璃墙。敏明说："这墙真好看，是谁在里面住？"那人说："这里头是乔答摩宣讲法要的道场。现时正在演说，好些人物都在那里聆听法音。转过这个墙角就是正门。到的时候，我领你进去听一听。"敏明贪恋外面的风景，不愿意进去。她说："咱们逛会儿才进去吧。"那人说："你只会听粗陋的声音，看简略的颜色和闻污劣的香味。那更好的、更微妙的，你就不理会了。……好，我再和你走走，瞧你了悟不了悟。"

二人走到墙的尽头，还是穿入树林。他们踏着落花一直进前，树上的鸟声，叫得更好听。敏明抬起头来，忽然瞧见南边的树枝上有一对很美丽的鸟呆立在那里，丝毫的声音也不从他们的嘴里发出。敏明指着向那人说："只只鸟儿都出声吟唱，为什么那对鸟儿不出声音呢？那是什么鸟？"那人说："那是命命鸟。为什么不唱，我可不知道。"

敏明听见"命命鸟"三字,心里似乎有点觉悟。她注神瞧着那鸟,猛然对那人说:"那可不是我和我的好朋友加陵么,为何我们都站在那里?"那人说:"是不是,你自己觉得。"

敏明抢前几步,看来还是一对呆鸟。她说:"还是一对鸟儿在那里,也许是我的眼花了。"

他们绕了几个弯,当前现出一节小溪把两边的树林隔开。对岸的花草,似乎比这边更新奇。树上的花瓣也是常常掉下来。树下有许多男女:有些躺着的,有些站着的,有些坐着的。各人在那里说说笑笑,都现出很亲密的样子。敏明说:"那边的花瓣落得更妙,人也多一点,我们一同过去逛逛吧。"那人说:"对岸可不能去。那落的叫作情尘,若是望人身上落得多了就不好。"敏明说:"我不怕。你领我过去逛逛吧。"那人见敏明一定要过去,就对她说:"你必要过那边去,我可不能陪你了。你可以自己找一道桥过去。"他说完这话就不见了。敏明回头瞧见那人不在,自己循着水边,打算找一道桥过去。但找来找去总找不着,只得站在这边瞧过去。

她瞧见那些花瓣越落越多,那班男女几乎被葬在底下。有一个男子坐在对岸的水边,身上也是满了落花。一个紫衣的女子走到他跟前说:"我很爱你,你是我的命。我们是命命鸟。除你以外,我没有爱过别人。"那男子回答说:"我对于你的爱情也是如此。我除了你以外不曾爱过别的女人。"紫衣女子听了,向他微笑,就离开他。走不多远,又遇着一位男子站在树下,她又向那男子说:"我很爱你,你是我的命。我们是命命鸟,除你以外,我没有爱过别人。"那男子也回答说:"我对于你的爱情也是如此。我除了你以外不曾爱过别的

缀网劳蛛

· 13 ·

女人。"

敏明瞧见这个光景，心里因此发生了许多问题，就是：那紫衣女子为什么当面撒谎，和那两位男子的回答为什么不约而同？她回头瞧那坐在水边的男子还在那里，又有一个穿红衣的女子走到他面前，还是对他说紫衣女子所说的话。那男子的回答和从前一样，一个字也不改。敏明再瞧那紫衣女子，还是挨着次序向各个男子说话。她走远了，话语的内容虽然听不见，但她的形容老没有改变。各个男子对她也是显出同样的表情。

敏明瞧见各个女子对于各个男子所说的话都是一样；各个男子的回答也是一字不改；心里正在疑惑，忽然来了一阵狂风把对岸的花瓣刮得干干净净，那班男女立刻变成很凶恶的容貌，互相啮食起来。敏明瞧见这个光景，吓得冷汗直流。她忍不住就大声喝道："哎呀！你们的感情真是反复无常。"

敏明手里那杯咖啡被这一喝，全都泻在她的裙上。楼下的玛弥听见楼上的喝声，也赶上来。玛弥瞧见敏明周身冷汗，扑在镜台上头，忙上前把她扶起，问道："姑娘你怎样啦？烫着了没有？"敏明醒来，不便对玛弥细说，胡乱答应几句就打发她下去。

敏明细想刚才的异象，抬头再瞧窗外的瑞大光，觉得那塔还是被彩云绕住，越显得十分美丽。她立起来，换过一条绛色的裙子，就坐在她的卧榻上头。她想起在树林里忽然瞧见命命鸟变做她和加陵那回事情，心中好像觉悟他们两个是这边的命命鸟，和对岸自称为命命鸟的不同。她自己笑着说："好在你不在那边。幸亏我不能过去。"

她自经过这一场恐慌，精神上遂起了莫大的变化。对于婚姻另有一番见解，对于加陵的态度更是不像从前。加陵一点也觉不出来，只猜她是不舒服。

　　自从敏明回来，加陵没有一天不来找她。近日觉得敏明的精神异常，以为自己没有向她求婚，所以不高兴。加陵觉得他自己有好些难解决的问题，不能不对敏明说。第一，是他父亲愿意他去当和尚；第二，纵使准他娶妻，敏明的生肖和他不对，顽固的父亲未必承认。现在瞧见敏明这样，不由得不把衷情吐露出来。

　　加陵一天早晨来到敏明家里，瞧见她的态度越发冷静，就安慰她说："好朋友，你不必忧心，日子还长呢。我在咱们的事情上头已经有了打算。父亲若是不肯，咱们最终的办法就是'照例逃走'。你这两天是不是为这事生气呢？"敏明说："这倒不值得生气。不过这几晚睡得迟，精神有一点疲倦罢了。"

　　加陵以为敏明的话是真，就把前日向父亲要求的情形说给她听。他说："好朋友，你瞧我的父亲多么固执。他一意要我去当和尚，我前天向他说些咱们的事，他还要请人来给我说法，你说好笑不好笑？"敏明说："什么法？"加陵说："那天晚上，父亲把昙摩蜱请来。我以为有别的事要和他商量，谁知他叫我到跟前教训一顿。你猜他对我讲什么经呢？好些话我都忘记了。内中有一段是很有趣、很容易记的。我且念给你听：

　　　佛问摩邓曰："女爱阿难何似？"女言："我爱阿难眼；爱阿难鼻；爱阿难口；爱阿难耳；爱阿难声音；爱

・15・

阿难行步。"佛言："眼中但有泪；鼻中但有洟；口中但有唾；耳中但有垢；身中但有屎尿，臭气不净。"

"昙摩蜱说得天花乱坠，我只是偷笑。因为身体上的污秽，人人都有，那能因着这些小事，就把爱情割断呢？况且这经本来不合对我说；若是对你念，还可以解释得去。"

敏明听了加陵末了那句话，忙问道："我是摩邓吗？怎样说对我念就可以解释得去？"加陵知道失言，忙回答说："请你原谅，我说错了。我的意思不是说你是摩邓，是说这本经合于对女人说。"加陵本是要向敏明解嘲，不意反触犯了她。敏明听了那几句经，心里更是明白。他们两人各有各的心事，总没有尽情吐露出来。加陵坐不多会，就告辞回家去了。

涅槃节近啦。敏明的父亲直催她上比古去，加陵知道敏明明日要动身，在那晚上到她家里，为的是要给她送行。但一进门，连人影也没有。转过角门，只见玛弥在她屋里缝衣服。那时候约在八点钟的光景。

加陵问玛弥说："姑娘呢？"玛弥抬头见是加陵，就赔笑说："姑娘说要去找你，你反来找她。她不曾到你家去吗？她出门已有一点钟工夫了。"加陵说："真的么？"玛弥回了一声："我还骗你不成。"低头还是做她的活计。加陵说："那么，我就回去等她。……你请。"

加陵知道敏明没有别处可去，她一定不会趁瑞大光的热闹。他回到家里，见敏明没来，就想着她一定和女伴到绿绮湖上乘凉。因为那夜的月亮亮得很，敏明和月亮很有缘；每到月圆的时候，她必招几个朋友到那里谈心。

加陵打定主意，就向绿绮湖去。到的时候，觉得湖里静寂得很。这几天是涅槃节期，各庙里都很热闹；绿绮湖的冷月没人来赏玩，是意中的事。加陵从爱德华第七的造像后面上了山坡，瞧见没人在那里，心里就有几分诧异。因为敏明每次必在那里坐，这回不见她，谅是没有来。

他走得很累，就在凳上坐一会。他在月影朦胧中瞧见地下有一件东西，捡起来看时，却是一条蝉翼纱的领巾。那巾的两端都绣一个吉祥海云的徽识，所以他认得是敏明的。

加陵知道敏明还在湖边，把领巾藏在袋里，就抽身去找她。他踏一弯虹桥，转到水边的乐亭，瞧没有人，又折回来。他在山丘上注神一望，瞧见西南边隐隐有个人影，忙上前去，见有几分像敏明。加陵蹑步到野蔷薇垣后面，意思是要吓她。他瞧见敏明好像是找什么东西似的，所以静静伏在那里看她要做什么。

敏明找了半天，随在乐亭旁边摘了一枝优钵昙花，走到湖边，向着瑞大光合掌礼拜。加陵见了，暗想她为什么不到瑞大光膜拜去？于是再蹑足走近湖边的蔷薇垣，那里离敏明礼拜的地方很近。

加陵恐怕再触犯她，所以不敢做声。只听她的祈祷：

女弟子敏明，稽首三世诸佛：我自万劫以来，迷失本来智性；因此堕入轮回，成女人身。现在得蒙大慈，示我三生因果。我今悔悟，誓不再恋天人，致受无量苦楚。愿我今夜得除一切障碍，转生极乐国土。愿勇猛无畏阿弥陀，俯听恳求接引我。南无阿弥陀佛。

加陵听了她这番祈祷，心里很受感动。他没有一点悲痛，竟然从蔷薇垣里跳出来，对着敏明说："好朋友，我听你刚才

缀网劳蛛

的祈祷，知道你厌弃这世间，要离开它。我现在也愿意和你同行。"

敏明笑道："你什么时候来的？你要和我同行，莫不你也厌世么？"加陵说："我不厌世。因为你的原故，我愿意和你同行。我和你分不开。你到哪里，我也到哪里。"敏明说："不厌世，就不必跟我去。你要记得你父亲愿你做一个转法轮的能手。你现在不必跟我去，以后还有相见的日子。"加陵说："你说不厌世就不必死，这话有些不对。譬如我要到蛮得勒去，不是嫌恶仰光，不过我未到过那城，所以愿意去瞧一瞧。但有些人很厌恶仰光，他巴不得立刻离开才好。现在，你是第二类的人，我是第一类的人。为什么不让我和你同行？"敏明不料加陵会来，更不料他一下就决心要跟从她。现在听他这一番话语，知道他与自己的觉悟虽然不同，但她常感得他们二人是那世界的命命鸟，所以不甚阻止他。到这时，她才把前几天的事告诉加陵。加陵听了，心里非常的喜欢，说："有那么好的地方，为何不早告诉我？我一定离不开你了，我们一块儿去吧。"

那时月光更是明亮。树林里萤火无千无万地闪来闪去，好像那世界的人物来赴他们的喜筵一样。

加陵一手搭在敏明的肩上，一手牵着她。快到水边的时候，加陵回过脸来向敏明的唇边啜了一下。他说："好朋友，你不亲我一下么？"敏明好像不曾听见，还是直地走。

他们走入水里，好像新婚的男女携手入洞房那般自在，毫无一点畏缩。在月光水影之中，还听见加陵说："咱们是生命的旅客，现在要到那个新世界，实在叫我快乐得很。"

现在他们去了！月光还是照着他们所走的路；瑞大光远远送一点鼓乐的声音来；动物园的野兽也都为他们唱很雄壮的欢送歌；惟有那不懂人情的水，不愿意替他们守这旅行的秘密，要找机会把他们的躯壳送回来。

缀网劳蛛

# 商人妇

    "先生，请用早茶。"这是二等舱的侍者催我起床的声音。我因为昨天上船的时候太过忙碌，身体和精神都十分疲倦，从九点一直睡到早晨七点还没有起床。我一听侍者的招呼，就立刻起来，把早晨应办的事情弄清楚，然后到餐厅去。

    那时节餐厅里满坐了旅客。个个在那里喝茶，说闲话：有些预言欧战谁胜谁负的；有些议论袁世凯该不该做皇帝的；有些猜度新加坡印度兵变乱是不是受了印度革命党运动的。那种叽叽咕咕的声音，弄得一个餐厅几乎变成菜市。我不惯听这个，一喝完茶就回到自己的舱里，拿了一本《西青散记》跑到右舷找一个地方坐下，预备和书里的双卿谈心。

    我把书打开，正要看时，一位印度妇人携着一个七八岁的孩子来到跟前，和我面对面地坐下。这妇人，我前天在极乐寺放生池边曾见过一次，我也瞧着她上船，在船上也是常常遇见她在左右舷乘凉。我一瞧见她，就动了我的好奇心，因为她的装束虽是印度的，然而行动却不像印度妇人。

我把书搁下，偷眼瞧她，等她回眼过来瞧我的时候，我又装作念书。我好几次是这样办，恐怕她疑我有别的意思，此后就低着头，再也不敢把眼光射在她身上。她在那里信口唱些印度歌给小孩听，那孩子也指东指西问她说话。我听她的回答，无意中又把眼睛射在她脸上。她见我抬起头来，就顾不得和孩子周旋，急急地用闽南土话问我说："这位老叔，你也是要到新加坡去么？"她的口腔很像海澄的乡人，所问的也带着乡人的口气。在说话之间，一字一字慢慢地拼出来，好像初学说话的一样。我被她这一问，心里的疑团结得更大，就回答说："我要回厦门去。你曾到过我们那里么？为什么能说我们的话？""呀！我想你瞧我的装束像印度妇女，所以猜疑我不是唐山（华侨叫祖国作唐山）人。我实在告诉你，我家就在鸿渐。"

　　那孩子瞧见我们用土话对谈，心里奇怪得很，他摇着妇人的膝头，用印度话问道："妈妈，你说的是什么话？他是谁？"也许那孩子从来不曾听过她说这样的话，所以觉得稀奇。我巴不得快点知道她的底蕴，就接着问她："这孩子是你养的么？"她先回答了孩子，然后向我叹一口气说："为什么不是呢！这是我在麻德拉斯养的。"

　　我们越谈越熟，就把从前的畏缩都除掉。自从她知道我的里居、职业以后，她再也不称我作"老叔"，便转口称我做"先生"。她又把麻德拉斯大概的情形说给我听。我因为她的境遇很稀奇，就请她详详细细地告诉我。她谈得高兴，也就应许了。那时，我才把书收入口袋里，注神听她诉说自己的历史。

缀网劳蛛

我十六岁就嫁给青礁林荫乔为妻。我的丈夫在角尾开糖铺。他回家的时候虽然少，但我们的感情决不因为这样就生疏。我和他过了三四年的日子，从不曾拌过嘴，或闹过什么意见。有一天，他从角尾回来，脸上现出忧闷的容貌。一进门就握着我的手说："惜官（闽俗：长辈称下辈，或同辈的男女彼此相称，常加'官'字在名字之后），我的生意已经倒闭，以后我就不到角尾去啦。"我听了这话，不由得问他："为什么呢？是买卖不好吗？"他说："不是，不是，是我自己弄坏的。这几天那里赌局，有些朋友招我同玩，我起先赢了许多，但是后来都输得精光，甚至连店里的生财家伙，也输给人了……我实在后悔，实在对你不住。"我怔了一会儿，也想不出什么合适的话来安慰他，更不能想出什么话来责备他。

　　他见我的泪流下来，忙替我擦掉，接着说："唉！你从来不曾在我面前哭过，现在你向我掉泪，简直像熔融的铁珠一滴一滴地滴在我心坎儿上一样。我的难受，实在比你更大。你且不必担忧，我找些资本再做生意就是了。"

　　当下我们二人面面相觑，在那里静静地坐着。我心里虽有些规劝的话要对他说，但我每将眼光射在他脸上的时候，就觉得他有一种妖魔的能力，不容我说，早就理会了我的意思。我只说："以后可不要再耍钱，要知道赌钱……"

　　他在家里闲着，差不多有三个月。我所积的钱财倒还够用，所以家计用不着他十分挂虑。他镇日出外借钱做资本，可惜没有人信得过他，以致一文也借不到。他急得无可奈何，就动了过番（闽人说到南洋为过番）的念头。

　　他要到新加坡去的时候，我为他摒挡一切应用的东西，又拿了一对玉手镯教他到厦门兑来做盘费。他要趁早潮出厦门，所以我们别离的前一夕足足说了一夜的话。第二天早晨，我送他上小船，独自一人走回来，心里非常烦闷，就伏在案上，想着到南洋去的男子多半不想家，不知道他会这样不会。正这样想，蓦然一片急步声达到门前，我认得是他，忙起身开了门，问："是漏了什么东西忘记带去么？"他说："不是，我有一句话忘记告诉你：我到那边的时候，无论做什么事，总得给你来信。若是五六年后我不能回来，你就到那边找我去。"我说："好吧。这也值得你回来叮咛，到时候我必知道应当怎样办的。天不早了，你快上船去吧。"他紧握着我的手，长叹了一声，翻身就出去了。我注目直送到榕荫尽处，瞧他下了长堤，才把小门关上。

我与林荫乔别离那一年，正是二十岁。自他离家以后，只来了两封信，一封说他在新加坡丹让巴葛开杂货店，生意很好。一封说他的事情忙，不能回来。我连年望他回来完聚，只是一年一年的盼望都成虚空了。

邻舍的妇人常劝我到南洋找他去。我一想，我们夫妇离别已经十年，过番找他虽是不便，却强过独自一人在家里挨苦。我把所积的钱财检妥，把房子交给乡里的荣家长管理，就到厦门搭船。

我第一次出洋，自然受不惯风浪的颠簸，好容易到了新加坡。那时节，我心里的喜欢，简直在这辈子里头不曾再遇见。我请人带我到丹让巴葛义和诚去。那时我心里的喜欢更不能用言语来形容。我瞧店里的买卖很热闹，我丈夫这十年间的发达，不用我估量，也就罗列在眼前了。

缀网劳蛛

但是店里的伙计都不认识我，故得对他们说明我是谁，和来意。有一位年轻的伙计对我说："头家（闽人称店主为头家）今天没有出来，我领你到住家去吧。"我才知道我丈夫不在店里住，同时我又猜他一定是再娶了，不然，断没有所谓住家的。我在路上就向伙计打听一下，果然不出所料！

　　人力车转了几个弯，到一所半唐半洋的楼房停住。伙计说："我先进去通知一声。"他撇我在外头，许久才出来对我说："头家早晨出去，到现在还没有回来哪。头家娘请你进去里头等他一会儿，也许他快要回来。"他把我两个包袱——那就是我的行李一拿在手里，我随着他进去。

　　我瞧见屋里的陈设十分华丽。那所谓头家娘的，是一个马来妇人，她出来，只向我略略点了一个头。她的模样，据我看来很不恭敬，但是南洋的规矩我不懂得，只得陪她一礼。她头上戴的金刚钻和珠子，身上缀的宝石、金、银，衬着那副黑脸孔，越显出丑陋不堪。

　　她对我说了几句套话，又叫人递一杯咖啡给我，自己在一边吸烟、嚼槟榔，不大和我攀谈。我想是初会生疏的缘故，所以也不敢多问她的话。不一会儿，嘚嘚的马蹄声从大门直到廊前，我早猜着是我丈夫回来了。我瞧他比十年前胖了许多，肚子也大起来了。他口里含着一枝雪茄，手里扶着一根象牙杖，下了车，踏进门来，把帽子挂在架上。见我坐在一边，正要发问，那马来妇人上前向他叽叽咕咕地说了几句。她的话我虽不懂得，但瞧她的神气像有点不对。

　　我丈夫回头问我说："惜官，你要来的时候，为什么不预先通知一声？是谁叫你来的？"我以为他见我以后，必定要对我说些温存的话，哪里想到反把我诘问起来！当时我把不平的情绪压下，陪笑回答他，说："唉，荫哥，你岂不知道我不会写字么？咱们乡下那位写信的旺师常常给人家写别字，甚至把意思弄错了，因为这样，所以不敢央求他替我写。我又是决意要来找你的，不论迟早总得动身，又何必多费这番工夫呢？你不曾说过五六年后若不回去，我就可以来吗？"我丈夫说："吓！你自己倒会出主意。"他说完，就横横地走进屋里。

我听他所说的话，简直和十年前是两个人。我也不明白其中的缘故：是嫌我年长色衰呢，我觉得比那马来妇人还俊得多；是嫌我德行不好呢，我嫁他那么多年，事事承顺他，从不曾做过越出范围的事。荫哥给我这个闷葫芦，到现在我还猜不透。

他把我安顿在楼下，七八天的工夫不到我屋里，也不和我说话。那马来妇人倒是很殷勤，走来对我说："荫哥这几天因为你的事情很不喜欢。你且宽怀，过几天他就不生气了。晚上有人请咱们去赴席，你且把衣服穿好，我和你一块儿去。"

她这种甘美的语言，叫我把从前猜疑她的心思完全打消。我穿的是湖色布衣，和一条大红绉裙；她一见了，不由得笑起来。我觉得自己满身村气，心里也有一点惭愧。她说："不要紧，请咱们的不是唐山人，定然不注意你穿的是不是时新的样式。咱们就出门吧。"

马车走了许久，穿过一丛椰林，才到那主人的门口。进门是一个很大的花园，我一面张望，一面随着她到客厅去。那里果然有很奇怪的筵席摆设着。一班女客都是马来人和印

缀网劳蛛

度人。她们在那里叽里咕噜地说说笑笑，我丈夫的马来妇人也撇下我去和她们谈话。不一会儿，她和一位妇人出去，我以为她们逛花园去了，所以不大理会。但过了许久的工夫，她们只是不回来，我心急起来，就向在座的女人说："和我来的那位妇人往哪里去？"她们虽能会意，然而所回答的话，我一句也懂不得。

我坐在一个软垫上，心头跳动得很厉害。一个仆人拿了一壶水来，向我指着上面的筵席作势。我瞧见别人洗手，知道这是食前的规矩，也就把手洗了。她们让我入席，我也不知道哪里是我应当坐的地方，就顺着她们指定给我的坐位坐下。她们祷告以后，才用手向盘里取自己所要的食品。我头一次掬东西吃，一定是很不自然，她们又教我用指头的方法。我在那里，很怀疑我丈夫的马来妇人不在座，所以无心在筵席上张罗。

筵席撤掉以后，一班客人都笑着向我亲了一下吻就散了。当时我也要跟她们出门，但那主妇叫我等一等。我和那主妇在屋里指手画脚做哑谈，正笑得不可开交，一位五十来岁的印度男子从外头进来。那主妇忙起身向他说了几句话，就和他一同坐下。我在一个生地方遇见生面的男子，自然羞缩到了不得。那男子走到我跟前说："喂，你已是我的人啦。我用钱买你。你住这里好。"他说的虽是唐话，但语格和腔调全是不对的。我听他说把我买过来，不由得怄哭起来。那主妇倒是在身边殷勤地安慰我。那时已是入亥时分，他们叫我进里边睡，我只是和衣在厅边坐了一宿，哪里肯依他们的命令！

先生，你听到这里必定要疑我为什么不死。唉！我当时也有这样的思想，但是他们守着我好像囚犯一样，无论什么时候都有人在我身旁。久而久之，我的激烈的情绪过了，不但不愿死，而且要留着这条命往前瞧瞧我的命运到底是怎样的。

买我的人是印度麻德拉斯的回教徒阿户耶。他是一个氆氇商，因为在新加坡发了财，要多娶一个姬妾回乡享福。偏是我的命运不好，趁着这机会就变成他的外国古董。我在新加坡住不上一个月，他就把我带到麻德拉斯去。

阿户耶给我起名叫利亚。他叫我把脚放了，又在我鼻上穿了一个窟窿，戴上一只钻石鼻环。他说照他们的风俗，凡是已嫁的女子都得戴鼻环，因为那是妇人的记号。他又把很好的"克尔塔"（回妇上衣）、"马拉姆"（胸衣）和"埃撒"（裤）教我穿上。从此以后，我就变成一个回回婆子了。

阿户耶有五个妻子，连我就是六个。那五人之中，我和第三妻的感情最好。其余的我很憎恶她们，因为她们欺负我不会说话，又常常戏弄我。我的小脚在她们当中自然是稀罕的，她们虽是不歇地摩挲，我也不怪。最可恨的是她们在阿户耶面前拨弄是非，叫我受委屈。

阿噶利马是阿户耶第三妻的名字，就是我被卖时张罗筵席的那个主妇。她很爱我，常劝我用"撒马"来涂眼眶，用指甲花来涂指甲和手心。回教的妇人每日用这两种东西和我们唐人用脂粉一样。她又教我念孟加里文和亚拉伯文。我想起自己因为不能写信的缘故，致使荫哥有所借口，现在才到这样的地步，所以愿意在这举目无亲的时候用功学习些少文字。她虽然没有什么学问，但当我的教师是绰绰有余的。

我从阿噶利马念了一年，居然会写字了！她告诉我他们

缀网劳蛛

教里有一本天书，本不轻易给女人看的，但她以后必要拿那本书来教我。她常对我说："你的命运会那么蹇涩，都是阿拉给你注定的。你不必想家太甚，日后或者有大快乐临到你身上，叫你享受不尽。"这种定命的安慰，在那时节很可以教我的精神活泼一点。

我和阿户耶虽无夫妻的情，却免不了有夫妻的事。哎！我这孩子（她说时把手抚着那孩子的顶上）就是到麻德拉斯的第二年养的。我活了三十多岁才怀孕，那种痛苦为我一生所未经过。幸亏阿噶利马能够体贴我，她常用话安慰我，教我把目前的苦痛忘掉。有一次她瞧我过于难受，就对我说："呀！利亚，你且忍耐着吧。咱们没有无花果树的福分（《可兰经》载阿丹浩挖被天魔阿扎贼来引诱，吃了阿拉所禁的果子，当时他们二人的天衣都化没了。他们觉得赤身的羞耻，就向乐园里的树借叶子围身。各种树木因为他们犯了阿拉的戒命，都不敢借，唯有无花果树瞧他们二人怪可怜的，就慷慨借些叶子给他们。阿拉嘉许无花果树的行为，就赐它不必经过开花和受蜂蝶搅扰的苦而能结果），所以不能免掉怀孕的苦。你若是感得痛苦的时候，可以默默向阿拉求恩，他可怜你，就赐给你平安。"我在临产的前后期，得着她许多的帮助，到现在还是忘不了她的情意。

自我产后，不上四个月，就有一件失意的事教我心里不舒服；那就是和我的好朋友离别。她虽不是死掉，然而她所去的地方，我至终不能知道。阿噶利马为什么离开我呢？说来话长，多半是我害她的。

我们隔壁有一位十八岁的小寡妇名叫哈那，她十四岁就守寡了。她母亲苦待她倒罢了，还要说她前生的罪孽深重，非得叫她辛苦，来生就不能超脱。她所吃所穿的都跟不上别人，常常在后园里偷哭。她家的园子和我们的园子只隔一度竹篱，我一听见她哭，或是听见她在那里，就上前和她谈话，有时安慰，有时给东西她吃，有时送她些少金钱。

阿噶利马起先瞧见我周济那寡妇，很不以为然。我屡次对她说明，在唐山不论什么人都可以受人家的周济，从不分什么教门。她受我的感化，后来对于那寡妇也就发出哀怜的同情。

有一天，阿噶利马拿些银子正从篱间递给哈那，可巧被阿户耶瞥见。他不声不张，蹑步到阿噶利马后头，给她一掌，顺口骂说："小母畜，贱生的母猪，你在这里干什么？"他回到屋里，气得满身哆嗦，指着阿噶利马说："谁教你把钱给那婆罗门妇人？岂不把你自己玷污了吗？你不但玷污了自己，更是玷污我和清真圣典。'马赛拉'（是阿拉禁止的意思）！快把你的'布卡'（面幕）放下来吧。"

我在里头听得清楚，以为骂过就没事。谁知不一会的工夫，阿噶利马珠泪承睫地走进来，对我说："利亚，我们要分离了！"我听这话吓了一跳，忙问道："你说的是什么意思，我听不明白。"她说："你不听见他叫我把'布卡'放下来吧？那就是休我的意思。此刻我就要回娘家去。你不必悲哀，过两天他气平了，总得叫我回来。"那时我一阵心酸，不晓得要用什么话来安慰她，我们抱头哭了一场就分散了。唉！"杀人放火金腰带，修桥整路长大癞"，这两句话实在是人间生活的常例呀！

缀网劳蛛

自从阿噶利马去后，我的凄凉的历书又从"贺春王正月"翻起。那四个女人是与我素无交情的。阿户耶呢，他那副黝黑的脸，猯毛似的胡子，我一见了就憎厌，巴不得他快离开我。我每天的生活就是乳育孩子，此外没有别的事情。我因为阿噶利马的事，吓得连花园也不敢去逛。

过几个月，我的苦生涯快挨尽了！因为阿户耶借着病回他的乐园去了。我从前听见阿噶利马说过：妇人于丈夫死后一百三十日后就得自由，可以随便改嫁。我本欲等到那规定的日子才出去，无奈她们四个人因为我有孩子，在财产上恐怕给我占便宜，所以多方窘迫我。她们的手段，我也不忍说了。

哈那劝我先逃到她姐姐那里。她教我送一点钱财给她姐夫，就可以得到他们的容留。她姐姐我曾见过，性情也很不错。我一想，逃走也是好的，她们四个人的心肠鬼蜮到极，若是中了她们的暗算，可就不好。哈那的姐夫在亚可特住。我和她约定了，教她找机会通知我。

一星期后，哈那对我说她的母亲到别处去，要夜深才可以回来，教我由篱笆逾越过去。这事本不容易，因事后须得使哈那不至于吃亏。而且篱上界着一行线，实在教我难办。我抬头瞧见篱下那棵波罗蜜树有一丫过她那边，那树又是斜着长上去的。我就告诉她，叫她等待人静的时候在树下接应。

原来我的住房有一个小门通到园里。那一晚上，天际只有一点星光，我把自己细软的东西藏在一个口袋里，又多穿了两件衣裳，正要出门，瞧见我的孩子睡在那里。我本不愿意带他同行，只怕他醒时瞧不见我要哭起来，所以暂住一下，把他抱在怀里，让他吸乳。他吸的时节，才实在感得我是他的母亲，他父亲虽与我没有精神上的关系，他却是我养的。况且我去后，他不免要受别人的折磨。我想到这里，不由得双泪直流。因为多带一个孩子，会教我的事情越发难办。我想来想去，还是把他驮起来，低声对他说："你是好孩子，就不要哭，还得乖乖地睡。"幸亏他那时好像理会我的意思，不大作声。我留一封信在床上，说明愿意抛弃我应得的产业和逃走的理由，然后从小门出去。

我一手往后托住孩子，一手拿着口袋，蹑步到波罗蜜树下。我用一条绳子拴住口袋，慢慢地爬上树，到分丫的地方少停一会儿。那时孩子哼了一两声，我用手轻轻地拍着，又摇他几下，再把口袋扯上来，抛过去给哈那接住。我再爬过去，摸着哈那为我预备的绳子，我就紧握着，让身体慢慢坠下来。我的手耐不得摩擦，早已被绳子锉伤了。

我下来之后，谢过哈那，忙忙出门，离哈那的门口不远就是爱德耶河，哈那和我出去雇船，她把话交代清楚就回去了。那舵工是一个老头子，也许听不明白哈那所说的话。他划到塞德必特车站，又替我去买票。我初次搭车，所以不大明白行车的规矩，他叫我上车，我就上去。车开以后，查票人看我的票才知道我搭错了。

车到一个小站，我赶紧下来，意思是要等别辆车搭回去。那时已经夜半，站里的人说上麻德拉斯的车要到早晨才开。不得已就在候车处坐下。我把"马支拉"（回妇外衣）披好，用手支住袋假寐，约有三四点钟的工夫。偶一抬头，瞧见很远一点灯光由栅栏之间射来，我赶快到月台去，指着那灯问

缀网劳蛛

站里的人。他们当中有一个人笑说："这妇人连方向也分不清楚了。她认启明星做车头的探灯哪。"我瞧真了，也不觉得笑起来，说："可不是！我的眼真是花了。"

我对着启明星，又想起阿噶利马的话。她曾告诉我那星是一个擅于迷惑男子的女人变的。我因此想起荫哥和我的感情本来很好，若不是受了番婆的迷惑，决不忍把他最爱的结发妻卖掉。我又想着自己被卖的不是不能全然归在荫哥身上。若是我情愿在唐山过苦日子，无心到新加坡去依赖他，也不会发生这事。我想来想去，反笑自己逃得太过唐突。我自问既然逃得出来，又何必去依赖哈那的姐姐呢？想到这里，仍把孩子抱回候车处，定神解决这问题。我带出来的东西和现银共值三千多卢比，若是在村庄里住，很可以够一辈子的开销，所以我就把独立生活的主意拿定了。

天上的诸星陆续收了它们的光，唯有启明仍在东方闪烁着。当我瞧着它的时候，好像有一种声音从它的光传出来，说："惜官，此后你别再以我为迷惑男子的女人。要知道凡光明的事物都不能迷惑人。在诸星之中，我最先出来，告诉你们黑暗快到了；我最后回去，为的是领你们紧接受着太阳的光亮；我是夜界最光明的星。你可以当我做你心里的殷勤的警醒者。"我朝着它，心花怒开，也形容不出我心里的感谢。此后我一见着它，就有一番特别的感触。

我向人打听客栈所在的地方，都说要到贞葛布德才有。于是我又搭车到那城去。我在客栈住不多的日子，就搬到自己的房子住去。

那房子是我把钻石鼻环兑出去所得的金钱买来的。地方不大，只有二间房和一个小园，四面种些露兜树当作围墙。印度式的房子虽然不好，但我爱它靠近村庄，也就顾不得它的外观和内容了。我雇了一个老婆子帮助料理家务，除养育孩子以外，还可以念些印度书籍。我在寂寞中和这孩子玩弄，才觉得孩子的可爱，比一切的更甚。

　　每到晚间，就有一种很庄重的歌声送到我耳里。我到园里一望，原来是从对门一个小家庭发出来。起先我也不知道他们唱来干什么，后来我才晓得他们是基督徒。那女主人以利沙伯不久也和我认识，我也常去赴他们的晚祷会。我在贞葛布德最先认识的朋友就算他们那一家。

　　以利沙伯是一个很可亲的女人，她劝我入学校念书，且应许给我照顾孩子。我想偷闲度日也是没有什么出息，所以在第二年她就介绍我到麻德拉斯一个妇女学校念书。每月回家一次瞧瞧我的孩子，她为我照顾得很好，不必我担忧。

　　我在校里没有分心的事，所以成绩甚佳。这六七年的工夫，不但学问长进，连从前所有的见地都改变了。我毕业后直到如今就在贞葛布德附近一个村里当教习。这就是我一生经历的大概。若要详细说来，虽用一年的工夫也说不尽。

　　现在我要到新加坡找我丈夫去。因为我要知道卖我的到底是谁。我很相信荫哥必不忍做这事，纵然是他出的主意，终有一天会悔悟过来。


　　惜官和我谈了足有两点多钟，她说得很慢，加之孩子时时搅扰她，所以没有把她在学校的生活对我详细地说。我因为她说得工夫太长，恐怕精神过于受累，也就不往下再问，我只对她说："你在那漂流的时节，能够自己找出这条活路，

缀网劳蛛

· 33 ·

实在可敬。明天到新加坡的时候，若是要我帮助你去找荫哥，我很乐意为你去干。"她说："我哪里有什么聪明，这条路不过是冥冥中指导者替我开的。我在学校里所念的书，最感动我的是《天路历程》和《鲁滨孙漂流记》，这两部书给我许多安慰和模范。我现时简直是一个女鲁滨逊哪。你要帮我去找荫哥，我实在感激。因为新加坡我不大熟悉，明天总得求你和我……"说到这里，那孩子催着她进舱里去拿玩具给他。她就起来，一面续下去说："明天总得求你帮忙。"我起立对她行了一个敬礼，就坐下把方才的会话录在怀中日记里头。

过了二十四点钟，东南方微微露出几个山峰。满船的人都十分忙碌，惜官也顾着检点她的东西，没有出来。船入港的时候，她才携着孩子出来与我坐在一条长凳上头。她对我说："先生，想不到我会再和这个地方相见。岸上的椰树还是舞着它们的叶子；海面的白鸥还是飞来飞去向客人表示欢迎；我的愉快也和九年前初会它们那时一样。如箭的时光，转眼就过了那么多年，但我至终瞧不出从前所见的和现在所见的当中有什么分别。……呀！'光阴如箭'的话，不是指着箭飞得快说，乃是指着箭的本体说。光阴无论飞得多么快，在里头的事物还是没有什么改变，好像附在箭上的东西，箭虽是飞行着，它们却是一点不更改。……我今天所见的和从前所见的虽是一样，但愿荫哥的心肠不要像自然界的现象变更得那么慢；但愿他回心转意地接纳我。"我说："我向你表同情。听说这船要泊在丹让巴葛的码头，我想到时你先在船上候着，我上去打听一下再回来和你同去，这办法好不好呢？"她说："那么，就教你多多受累了。"

我上岸问了好几家都说不认得林荫乔这个人，那义和诚的招牌更是找不着。我非常着急，走了大半天觉得有一点累，就上一家广东茶居歇足，可巧在那里给我查出一点端倪。我问那茶居的掌柜。据他说：林荫乔因为把妻子卖给一个印度人，惹起本埠多数唐人的反对。那时有人说是他出主意卖的，有人说是番婆卖的，究竟不知道是谁做的事。但他的生意因此受莫大的影响，他瞧着在新加坡站不住，就把店门关起来，全家搬到别处去了。

　　我回来将所查出的情形告诉惜官，且劝她回唐山去。她说："我是永远不能去的，因为我带着这个棕色孩子，一到家，人必要耻笑我，况且我对于唐文一点也不会，回去岂不要饿死吗？我想在新加坡住几天，细细地访查他的下落。若是访不着时，仍旧回印度去。……唉，现在我已成为印度人了！"

　　我瞧她的情形，实在想不出什么话可以劝她回乡，只叹一声说："呀！你的命运实在苦！"她听了反笑着对我说："先生啊，人间一切的事情本来没有什么苦乐的分别：你造作时是苦，希望时是乐；临事时是苦，回想时是乐。我换一句话说：眼前所遇的都是困苦；过去、未来的回想和希望都是快乐。昨天我对你诉说自己境遇的时候，你听了觉得很苦，因为我把从前的情形陈说出来，罗列在你眼前，教你感得那是现在的事；若是我自己想起来，久别、被卖、逃亡等等事情都有快乐在内。所以你不必为我叹息，要把眼前的事情看开才好。……我只求你一样，你到唐山时，若是有便，就请到我村里通知我母亲一声。我母亲算来已有七十多岁，她住在鸿渐，我的唐山亲人只剩着她咧。她的门外有一棵很高的橄

· 35 ·

榄树。你打听良姆，人家就会告诉你。"

船离码头的时候，她还站在岸上挥着手送我。那种诚挚的表情，教我永远不能忘掉。我到家不上一月就上鸿渐去。那橄榄树下的破屋满被古藤封住，从门缝儿一望，隐约瞧见几座朽腐的木主搁在桌上，哪里还有一位良姆！

# 换巢鸾凤

## 一、歌声

那时刚过了端阳节期，满园里的花草倚仗膏雨的恩泽，都争着向太阳献它们的媚态——鸟儿、虫儿也在这灿烂的庭园歌舞起来，和鸾独自一人站在啼鹃亭下，她所穿的衣服和槛下紫蚨蝶花的颜色相仿。乍一看来，简直疑是被阳光的威力拥出来的花魂。她一手用蒲葵扇挡住当午的太阳，一手提着长裯，望发出蝉声的梧桐前进——走路时，脚下的珠鞋一步一步印在软泥嫩苔之上，印得一路都是方胜了。

她走到一株瘦削的梧桐的下，瞧见那蝉踞在高枝嘶嘶地叫个不住——想不出什么方法把那小虫带下来，便将手扶着树干尽力一摇，叶上的残雨趁着机会飞滴下来，那小虫也带着残声飞过墙东去了。那时，她才后悔不该把树摇动，教那饿鬼似的雨点争先恐后地扑在自己身上，那虫歇在墙东的树梢，还振着肚皮向她解嘲说："值也！值也……值。"她愤不过，要跑过那边去和小虫见个输赢。刚过了月门，就听见一缕清逸的歌声从南窗里送出来。她爱音乐的心本是受了父亲的影响，一听那抑扬的腔调，早把她所要做的事搁在脑后了。她悄悄地走到窗下，只听得：

你在江湖流落尚有雌雄侣；亏我影只形单异地栖。

风急衣单无路寄，寒衣做起误落空闺。

日日望到夕阳，我就愁倍起：

只见一围衰柳锁住长堤。

又见人影一鞭残照里，几回错认是我郎归

正听得津津有味，一种娇娆的声音从月门出来："大小姐你在那里干什么？太太请你去瞧金鱼哪。那是客人从东沙带来送给咱们的。好看得很，快进去吧。"她回头见是自己的丫头婞而，就示意不教她做声，且招手叫她来到跟前，低声对她说："你听这歌声多好？"她的声音想是被窗里的人听见，话一说完，那歌声也就止住了。

婞而说："小姐，你瞧你的长褂子都已湿透，鞋子也给泥沾污了。咱们回去吧。别再听啦。"她说："刚才所听的实在是好，可惜你来迟一点，领教不着。"婞而问："唱的是什么？"她说："是用本地话唱的。我到的时候，只听得什么……尚有雌雄侣……影只形单异地栖……"婞而不由她说完，就插嘴说："噢，噢，小姐，我知道了。我也会唱这种歌儿。你所听的叫作《多情雁》，我也会唱。"她听见婞而也会唱，心里十分喜欢，一面走一面问："这是哪一类的歌呢？你说会唱，为什么你来了这两三年从不曾唱过一次？"婞而说：

"这就叫做粤讴<sup>①</sup>，大半是男人唱的。我恐怕老爷骂，所以不敢唱。"她说："我想唱也无妨。你改天教给我几支吧。我很喜欢这个。"她们在谈话间，已经走到饮光斋的门前，二人把脚下的泥刮掉，才踏进去。

饮光斋是阳江州衙内的静室。由这屋里往北穿过三思堂就是和鸾的卧房。和鸾和婕而进来的时候，父亲崇阿，母亲赫舍里氏，妹妹鸣鹭和表兄启祯正围坐在那里谈话。鸣鹭把她的座让出一半，对和鸾说："姐姐快来这里坐着吧。爸爸给咱们讲养鱼经哪。"和鸾走到妹妹身边坐下，瞧见当中悬着一个琉璃壶，壶内的水映着五色玻璃窗的彩光，把金鱼的颜色衬得越发好看。崇阿只管在那里说，和鸾却不大介意。因为她惦念着跟婕而学粤讴，巴不得立刻回到自己的卧房去。她坐了一会，仍扶着婕而出来。

崇阿瞧见和鸾出去，就说："这孩子进来不一会儿，又跑出去，到底是忙些什么？"赫氏笑着回答说："也许是瞧见祯哥儿在这里，不好意思坐着吧。"崇阿说："他们天天在一起儿也不害羞，偏是今天就回避起来。真是奇怪！"原来启祯是赫氏的堂侄子，他的祖上，不晓得在哪一代有了战功，给他荫袭一名轻车都尉。只是他父母早已去世，从小就跟着姑姑过日子。他姑父崇阿是正白旗人，由笔贴式出身，出知阳江州事；他的学问虽不甚好，却很喜欢谈论新政。当时所有的新式报像《时务报》《清议报》《新民丛报》，和康、梁们的著述，他除了办公以外，不是弹唱，就是和这些新书报周旋。

---

① 粤讴：流行于广东粤语地区的曲艺曲种。相传为清朝嘉庆年间在南音基础上发展而成。唱词基本上为七字句，分起式、正文、结文三部分。多为徒歌，也可加用琵琶、洞箫、扬琴伴奏。

缀网劳蛛

他又深信非整顿新军，不能教国家复兴起来。因为这样，他在启祯身上的盼望就非常奢大。有时下乡剿匪，也带着他同行，为的是叫他见习些战务。年来瞧见启祯长得一副好身材，心里更是喜欢，有意思要将和鸾配给他。老夫妇曾经商量过好几次，却没有正式提起。赫氏以为和鸾知道这事，所以每到启祯在跟前的时候，她要避开，也就让她回避。

再说和鸾跟婩而学了几支粤讴，总觉得那腔调不及那天在园里所听的好。但是她很聪明，曲谱一上口，就会照着弹出来。她自己费了很大的工夫去学粤讴，方才摸着一点门径，居然也会撰词了。她在三思堂听着父亲弹琵琶，不觉技痒起来。等父亲弹完，就把那乐器抱过来，对父亲说："爸爸，我这两天学了些新调儿，自己觉得很不错，现在把它弹出来，您瞧好听不好听？"她说着，一面用手去和弦子，然后把琵琶立起来，唱道：

> 萧疏雨，问你要落几天？
> 你有天宫唔①住，偏要在地上流连。
> 你为饶益众生，舍得将自己作践；
> 我地得到你来，就唔使劳烦个位散花仙。
> 人地话雨打风吹会将世界变，
> 果然你一来到就把锦绣装饰满园。
> 你睇娇红嫩绿委实增人恋，
> 可怪嘅好世界，重有个只啼不住嘅杜鹃！
> 鹃呀！愿我慨血洒来好似雨啖周遍，
> 一点一滴润透三千大千。

————————

① "唔"等于"不"。

劝君休自塞，要把愁眉展；

但愿人间一切血泪和汗点，

一洒出来就同雨点一样化作甘泉。

　　"这是前天天下雨的时候做的，不晓得您听了以为怎样？"崇阿笑说："我儿，你多会学会这个？这本是旷夫怨女之词，你把它换做写景，也还可听。你倒有一点聪明，是谁教给你的？"和鸾瞧见父亲喜欢，就把那天怎样在园里听见，怎样央姁而教，自己怎样学，都说出来。崇阿说："你是在龙王庙后身听的么？我想那是祖凤唱的。他唱得很好，我下乡时，也曾叫他唱给我听。"和鸾便信口问："祖凤是谁？"崇阿说："他本是一个囚犯。去年黄总爷抬举他，请我把他开释，留在营里当差。我瞧他的身材、气力都很好，而且他的刑期也快到了，若是有正经事业给他做，也许有用，所以把他交给黄总爷调遣去，他现在当着第三棚的什长哪。"和鸾说："噢，原来是这里头的兵丁。他的声音实在是好。我总觉得姁而唱的不及他万一。有工夫还得叫他来唱一唱。"崇阿说："这倒是容易的事情。明天把他调进内班房当差，就不怕没有机会听他的。"崇阿因为祖凤的气力大，手足敏捷，很合自己的军人理想，所以很看重他。这次调他进来，虽说因着爱女儿的缘故，还是免不了寓着提拔他的意思。

# 二、射覆

　　自从祖凤进来以后，和鸾不时唤他到哢鹏亭弹唱，久而

缀
网
劳
蛛

久之，那人人有的"大欲"就把他们缠住了。他们此后相会的罗针不是指着弹唱那方面，乃是指着"情话"那方面。爱本来没有等第，没有贵贱、没有贫富的分别。和鸾和祖凤虽有主仆的名分，然而在他们的心识里，这种阶级的成见早已消灭无余。崇阿耳边也稍微听见二人的事，因此后悔得很。但他很信他的女儿未必就这样不顾体面，去做那无耻的事，所以他对于二人的事，常在疑信之间。

八月十二，交酉时分，满园的树被残霞照得红一块，紫一块。树上的归鸟在那里唧唧喳喳地乱嚷。和鸾坐在苹婆树下一条石凳上头，手里弹着她的乐器，口里低声地唱。那时，歌声、琵琶声、鸟声、虫声、落叶声和大堂上定更的鼓声混合起来，变成一种特别的音乐。祖凤从如楼船屋那边走来，说："小姐，天黑啦，还不进去么？"和鸾对着他笑，口里仍然唱着，也不回答他。他进前正要挨着和鸾坐下，猛听得一声，"鸾儿，天黑了，你还在那里干什么？快跟我进来。"祖凤听出是老爷的声音，一缕烟似的就望阁提花丛里钻进去了。和鸾随着父亲进去，挨了一顿大申斥。次日，崇阿就借着别的事情把祖凤打四十大板，仍旧赶回第三棚，不许他再到上房来。

和鸾受过父亲的责备，心里十分委屈。因为衙内上上下下都知道大小姐和祖什长在园里被老爷撞见的事，弄得她很没意思。崇阿也觉得那晚上把女儿申斥得太过，心里也有点怜惜。又因为她年纪大了，要赶紧将她说给启祯，省得再出什么错。他就吩咐下人在团圆节预备一桌很好的瓜果在园里，全家的人要在那里赏月行乐。崇阿的意思：一来是要叫女儿喜欢；二来是要借着机会向启祯提亲。

一轮明月给流云拥住，朦胧的雾气充满园中，只有印在地面的花影稍微可以分出黑白来，崇阿上了如楼船屋的楼上，瞧见启祯在案头点烛，就说："今晚上天气不大好啊！你快去催她们上来，待一会，恐怕要下雨。"启祯听见姑丈的话，把香案瓜果整理好，才下楼去。月亮越上越明，云影也渐渐散了。崇阿高兴起来，等她们到齐的时候，就拿起琵琶弹了几支曲。他要和鸾也弹一支。但她的心里，烦闷已极，自然是不愿意弹的。崇阿要大家在这晚上都得着乐趣，就出了一个赌果子的玩意儿。在那楼上赏月的有赫氏、和鸾、鸣鹭、启祯，连崇阿是五个人。他把果子分做五份，然后对众人说："我想了个新样的射覆，就是用你们常念的《千家诗》和《唐诗》里的诗句，把一句诗当中换一个字，所换的字还要射在别句诗上。我先说了，不许用偏僻的句，因为这不是叫你们赌才情，乃是教你们斗快乐。我们就挨着次序一人唱一句，拈阄定射覆的人。射中的就得唱句人的赠品；射不中就得挨罚。"大家听了都请他举一个例。他就说："比如我唱一句：长安云边多丽人。要问你：明明是水，为什么说云？你就得在《千家诗》或《唐诗》里头找一句来答复。若说：美人如花隔云端，就算复对了。"和鸾和鸣鹭都高兴得很，她们低着头在那里默想。惟有启祯跑到书房把书翻了大半天才上来。姐妹们说他是先翻书再来赌的，不让他加入。崇阿说："不要紧，若诗不熟，看也无妨。我们只是取乐，毋须认真。"于是都挨着次序坐下，个个侧耳听着那唱句人的声音。

第一次是鸣鹭，唱了一句："楼上花枝笑不眠"，问："明

缀网劳蛛

明是独，怎么说不？"把阄一拈，该崇阿覆。他想了一会，就答道："春色恼人眠不得。"鸣鹭说："中了。"于是把两个石榴送到父亲面前。第二次是赫氏唱："主人有茶欢今夕。"问："明明是酒，为什么变成茶？"鸣鹭就答："寒夜客来茶当酒。"崇阿说："这句复得好。我就把这两个石榴加赠给你。"第三次是启祯，唱："纤云四卷天来河。"问："明明是无，怎样说来？"崇阿想了半天，想不出一句合适的来。启祯说："姑丈这次可要挨罚了。"崇阿说："好。你自己复出来吧。我实在想不起来。"启祯显出很得意的样子，大声念道："君不见黄河之水天上来？"弄得满座的人都瞧着笑。崇阿说："你这句射得不大好。姑且算你赢了吧。"他把果子送给启祯，正要唱时，当差的说："省城来了一件要紧的公文。师爷要请老爷去商量。"崇阿立刻下楼，到签押房去。和鸾站起来唱道："千树万树梨花飞"，问："明明是开，为什么又飞起来？"赫氏答道："春城无处不飞花。"她接了和鸾的赠品，就对鸣鹭说："该你唱了。"于是鸣鹭唱一句："桃花尽日夹流水。"问："明明是随，为何说夹？"和鸾答道："两岸桃花夹古津。"这次应当是赫氏唱，但她一时想不起好句来，就让给启祯。他唱道："行人弓箭各在肩。"问："明明是腰，怎会在肩？那腰空着有什么用处？"和鸾："你这问太长了。叫人怎样覆？"启祯说："还不知道是你射不是，你何必多嘴呢？"他把阄筒摇了一下才教各人抽取。那黑阄可巧落在鸣鹭手里。她想一想，就笑说："莫不是腰横秋水雁翎刀么？"启祯忙说："对，对，你很聪明。"和鸾只掩着口笑。启祯说："你不要笑人，这次该你了，瞧瞧你的又好到什么地步。"和鸾说："祯哥这唱实在差一点，因为没有覆到肩字上头。"她说完就唱："青草池塘独听蝉。"问："明明是蛙，怎么说蝉？"可巧该启祯射。他本来要找机会调嘲和鸾，借此报复她方才的批评。可巧他想不起来，就说一句俏皮话："癞蛤蟆自然不配在青草池塘那里叫唤。"他说这句话是诚心要和和鸾起哄。个人心事自家知，和鸾听了，自然猜他是说自己和祖凤的事，不由得站起来说："哼，莫笑蛇无角，成龙也未知。祯哥，你以为我听不懂你的话么？咳，何苦来！"她说完就悻悻地下楼去。赫氏以为他们是闹玩，还在上头嚷着："这孩子真会负气，回头非叫她父亲打她不可。"

和鸾跑下来，踏着花荫要向自己房里去。绕了一个弯，刚到嗶鹂亭，忽然一团黑影从树下拱起来，把她吓得魂不附体。正要举步疾走，那影儿已走近了。和鸾一瞧，原来是祖凤。她说："祖凤，你昏夜里在园里吓人干什么？"祖凤说："小姐，我正候着你，要给你说一宗要紧的事。老爷要把你我二人重办，你知道不知道？"和鸾说："笑话，哪里有这事？你从哪里听来的？他刚和我们一块儿在如楼船屋楼上赏月哪。"祖凤说："现在老爷可不是在签押房么？"和鸾说："人来说师爷有要事要和他商量，并没有什么。"祖凤说："现在正和师爷相议这事呢。我想你是不要紧的，不过最好还是暂避几天，等他气过了再回来，若是我，一定得逃走，不然，连性命也要没了。"和鸾惊说："真的么？"祖凤说："谁还哄你？你若要跟我去时，我就领你闪避几天再回来……无论如何，我总走的。我为你挨了打，一定不能撇你在这里；你若不和我同行，我宁愿死在你跟前。"他说完掏出一支手枪来，

缀网劳蛛

把枪口向着自己的心坎，装作要自杀的样子。和鸾瞧见这个光景，她心里已经软化了。她把枪夺过来，抚着祖凤的肩膀说："也罢，我不忍瞧见你对着我做伤心的事，你且在这里等候，我回去房里换一双平底鞋再来。"祖凤说："小姐的长褂也得换一换才好。"和鸾回答一声："知道。"就忙忙地走进去。

# 三、失足

她回到房中，知道婥而还在前院和女仆斗牌。瞧瞧时计才十一点零，于是把鞋换好，胡乱拿了几件衣服出来。祖凤见了她，忙上前牵着她的手说："咱们由这边走。"他们走得快到衙后的角门，祖凤叫和鸾在一株榕树的下站着。他到角门边的更房见没有人在那里，忙把墙上的钥匙取下。出了房门，就招手叫和鸾前来。他说："我且把角门开了让你先出去。我随后爬墙过去带着你走。"和鸾出去以后，他仍把角门关锁妥当，再爬过墙去，原来衙后就是鼍山，虽不甚高，树木却是不少。衙内的花园就是山顶的南部。二人下了鼍山，沿着山脚走。和鸾猛然对祖凤说："呀！我们要到哪里去？"祖凤说："先到我朋友的村庄去，好不好？"和鸾问说："什么村庄，离城多远呢？"祖凤说："逃难的人，一定是越远越好的。咱们只管走吧。"和鸾说："我可不能远去。天亮了，我这身装束，谁还认不得？""对呀，我想你可以扮男装。"和鸾说："不成，不成，我的头发和男子不一样。"祖凤停步想了一会，就说："我为你设法。你在这里等着，我一会就回来。"他去后，不久就拿了一顶遮羞帽，一套青布衣服来。他说："这就可以过关啦。"和鸾改装后，将所拿的东西交给祖凤。二人出了五马坊，望东门迈步。

那一晚上，各城门都关得很晚，他们竟然安安稳稳地出城去了。他们一直走，已经过了一所医院。路上一个人也没有，只有天空悬着一个半明不亮的月。和鸾走路时，心里老是七上八下地打算。现在她可想出不好来了。她和祖凤刚要上一个山坡，就止住说："我错了。我不应当跟你出来。我须得回去。"她转身要走，只是脚已无力，不听使唤，就坐在一块大石上头。那地两面是山，树林里不时发出一种可怕的怪声。路上只有他们二人走着。和鸾到这时候，已经哭将起来。她对祖凤说："我宁愿回去受死，不愿往前走了。我实在害怕得很，你快送我回去吧。"祖凤说："现在可不能回去，因为城门已经关了。你走不动，我可以驮你前行。"她说："明天一定会给人知道的。若是有人追来，要怎样办呢？"祖凤说："我们已经改装，由小路走一定无妨。快走吧，多走一步是一步。"他不由和鸾做主，就把她驮在背上，一步一步登了山坡。和鸾伏在后面，把眼睛闭着，把双耳掩着。她全身的筋肉也颤动得很厉害。那种恐慌的光景，简直不能用笔墨形容出来。

蜿蜒的道上，从远看只像一个人走着，挨近却是两个。前头一种强烈之喘声和背后那微弱的气息相应和。上头的乌云把月笼住，送了几粒雨点下来。他们让雨淋着，还是一直地望前。刚渡过那龙河，天就快亮了。祖凤把和鸾放下，对她说："我去叫一顶轿子给你坐吧。天快要亮了，前边有一个

缀网劳蛛

大村子，咱们再不能这样走了。"和鸾哭着说："你要带我到哪里去呢？若是给人知道了，你说怎好？"祖凤说："不碍事的。咱们一同走着，看有轿子，再雇一顶给你，我自有主意。"那时东方已有一点红光，雨也止了。他去雇了一顶轿子，让和鸾坐下，自己在后面紧紧跟着。足行了一天，快到那笃墟了。他恐怕到的时候没有住处，所以在半路上就打发轿夫回去。和鸾扶着他慢慢地走，到了一间破庙的门口。祖凤教和鸾在牴桅旁边候着，自己先进里头去探一探，一会儿他就携着和鸾进去。那晚上就在那里歇息。

和鸾在梦中惊醒。从月光中瞧见那些陈破的神像：脸上的胡子，和身上的破袍被风刮得舞动起来。那光景实在狰狞可怕。她要伏在祖凤怀里，又想着这是不应当的。她懊悔极了，就推祖凤起来，叫他送自己回去。祖凤这晚上倒是好睡，任她怎样摇也摇不醒来。她要自己出来，那些神像直瞧着她，叫她动也不敢动。次日早晨，祖凤牵着她仍从小路走。祖凤所要找的朋友，就在这附近住，但他记不清那条路的方位。他们朝着早晨的太阳前行，由光线中，瞧见一个人从对面走来。祖凤瞧那人的容貌，像在哪里见过似的，只是一时记不起他的名字。他要用他们的暗号来试一试那人，就故意上前撞那人一下，大声喝道："呸！你盲了吗？"和鸾瞧这光景，力劝他不要闯祸，但她的力量哪里禁得住祖凤。那人受祖凤这一喝，却不生气，只回答说："我却不盲，因为我的眼睛比你大。"说完还是走他的。祖凤听了，就低声对和鸾说："不怕了。咱们有了宿处了。我且问他这附近有房子没有；再问他认识金成不认识。"说着就叫那人回来，殷勤地问他说："你既然是豪杰，请问这附近有甲子借人没有？"那人指着南边一条小路说："从这条线打听去吧。"祖凤趁机问他："你认得金成么？"那人一听祖凤问金成，就把眼睛往他身上估量了一回，说："你问他做什么？他已不在这里。你莫不是由城来的么，是黄得胜叫你来的不是？"祖凤连声答了几个是。那人望四围一瞧，就说："这里不是说话的地方。你可以到我那里去，我再把他的事情告诉你。"

原来那人也姓亚，名叫权。他住在那笃附近一个村子，曾经一度到衙门去找黄总爷。祖凤就在那时见他一次。他们一说起来就记得了。走的时节，金权问祖凤说："随你走的可是尊嫂？"祖凤支离地回答他。和鸾听了十分懊恼，但她的脸帽子遮住，所以没人理会她的当时的神气。三人顺着小路走了约有三里之遥，当前横着一条小溪涧，架着两岸的桥是用一块旧棺木做的。他们走过去，进入一丛竹林。金权说："到我的甲子了。"祖凤和和鸾跟着金权进入一间矮小的茅屋。让坐之后，和鸾还是不肯把帽子摘下来。祖凤说："她初出门，还害羞咧。"金权说："莫如请嫂子到房里歇息，我们就在外头谈谈吧。"祖凤叫和鸾进房里，回头就问金权说："现在就请你把成哥的下落告诉我。"金权叹了一口气，说："哎！他现时在开平县的监里哪，他在几个月前出去'打单'，兵来了还不逃走，所以给人揸住了。"这时祖凤的脸上显出一副很惊惶的模样，说："噢，原来是他。"金权反问什么意思。他就说："前晚上可不是中秋么？省城来了一件要紧的文书，师爷看了，忙请老爷去商量。我正和黄总爷在龙王庙里谈天，忽然在签押房当差的朱爷跑来，低声地对黄总爷说：开平县监

缀网劳蛛

里一个劫犯供了他和土匪勾通，要他立刻到堂对质。黄总爷听了立刻把几件细软的东西藏在怀里，就望头门逃走，他临去时，教我也得逃走。说：这案若发作起来，连我也有份。所以我也逃出来。现在给你一说，我才明白是他。"金权说："逃得过手，就算好运气。我想你们也饿了。我且去煮些饭来给你们吃吧。"他说着就到檐下煮饭去了。

　　和鸾在里面听得很清楚，一见金权出去，就站在门边怒容向着祖凤说："你们方才所说的话，我已听明白了。你现在就应当老老实实地对我说。不然，我……"她说到这里，咽喉已经噎住。祖凤进前几步，和声对她说："我的小姐，我实在是把你欺骗了。老爷在签押房所商量的与你并没有什么相干，乃是我和黄总爷的事。我要逃走，又舍不得你，所以想些话来骗你。为的是要叫你和我一块住着。我本来要扮做更夫到你那里，刚要到更房去取家具。可巧就遇着你，因此就把你哄住了。"和鸾说："事情不应当这样办，这样叫我怎样见人？你为什么对人说我是你的妻子？原来你的……"祖凤瞧她越说越气，不容她说完就插着说："我的小姐，你不曾说你是最爱我的么？你舍得教我离开你么？"金权听见里面小姐长小姐短的话，忙进来打听到底是哪一回事。祖凤知瞒不过，就把事情的原委说给他知道。他们二人用了许多话语才把和鸾的气减少了。

　　金权也是和黄总爷一党的人，所以很出力替祖凤遮藏这事。他为二人找一个藏身之所，不久就搬到离金权的茅屋不远一所小房子住去。

# 四、他的宗教

　　和鸾所住的屋子靠近山边。屋后一脉流水，四围都是竹林。屋内只有两铺床，一张桌子和几张竹椅。壁上的白灰掉得七零八落了，日光从瓦缝间射下来。祖凤坐在她的脚下，侧耳听着她说："祖凤啊，我这次跟你到这个地方，要想回家，也办不到的。现在与你立约，若能依我，我就跟着你；若是不能，你就把我杀掉。"祖凤说："只要你常在我身边，我就没有不依从你的事。"和鸾说："我从前盼望你往上长进，得着一官半职，替国家争气，就是老爷，在你身上也有这样的盼望。我告诉你，须要等你出头以后，才许入我房里；不然，就别妄想。"祖凤的良心现在受责罚了。和鸾的话，他一点也不敢反抗。只问她说："要到什么地步才算呢？"和鸾说："不须多大，只要能带兵就够了。"祖凤连连点头说："这容易，这容易。我只须换个名字再投军去就有盼望。"

　　祖凤在那里等机会入伍，但等来等去总等不着。只得先把从前所学的手艺编做些竹器到墟里发卖。他每日所得的钱差可以够二人度用。有一天，他在墟里瞧见庙前贴着一张很大的告示。他进前一瞧，别的字都不认得，只认得"黄得胜……祖凤……逃……捉拿……花红四百元……"他看了，知道是通缉的告示，吓得紧跑回去。一踏进门，和鸾手里拿着一块四寸见方的红布，上面印着一个不像八卦、不像两仪的符号，在那瞧着。一见祖凤回来，就问他说："这是什么东西？"祖凤说："你既然搜了出来，我就不能不告诉你。这就是我的腰平。小姐，你要知道我和黄总爷都是洪门的豪杰，

缀网劳蛛

我们二人都有这个。这就是入门的凭据。我坐监的时候，黄总爷也是因为同会的缘故才把我保释出来的。"和鸾说："那么金权也是你们的同党了。""是的……呀！小姐，事情不好了。老爷的告示已经贴在墟里，要捉拿我和黄总爷哪。这里还是阳江该管的地方，咱们必不能再住在此，不如往东走，到那扶去避一下。那里是新宁（台山）地界，也许稍微安稳一点。"他一面说，一面催和鸾速速地把东西检点好，在那晚上就搬到那扶墟去了。

他们搬到那扶附近一个荒村。围在四面的不是山，就是树林。二人在那里藏身倒还安静。祖凤改名叫作李猛，每日仍是做些竹器卖钱。他很奉承和鸾，知她嗜好音乐，就做了一管短箫，常在她面前吹着。和鸾承受他的崇敬，也就心满意足，不十分想家啦。

时光易过，他们在那里住着，已经过了两个冬节。那天晚上，祖凤从墟里回来，隔膀下夹着一架琵琶，喜喜欢欢地跳跃进来，对和鸾说："小姐，我将今天所赚的钱为你买了这个。快弹一弹，瞧它的声音如何。"和鸾说："呀！我现在哪里有心玩弄这个？许久不弹，手法也生了。你先搁着吧，改天我喜欢弹的时候，再弹给你听。"他把琵琶搁下，说："也罢。我且告诉你一桩可喜的事情：金权今天到墟里找我，说他要到省城吃粮去。他说现在有一位什么司令要招民军去打北京，有好些兄弟们劝他同行。他也邀我一块儿去。我想我的机会到了。我这次出门，都是为你的缘故，不然，我宁愿在这里做小营生，光景虽苦，倒能时常亲近你。他们明后天就要动身。"和鸾听说打北京，就惊异说："也许是你听差了吧？北京是皇都，谁敢去打？况且官制里头也没有什么叫作司令的。或者你把东京听做北京吧。"祖凤说："不差，不差，我听的一定不错。他明明说是革命党起事，要招兵打满洲的。"和鸾说："呀，原来是革命党造反！前几年，老爷才杀了好几个哪。我劝你别去吧，去了定会把自己的命革掉。"他迫着要履和鸾的约，以为这次是好机会，决不可轻易失掉。不论和鸾应许与否，他心里早有成见。他说："小姐，你说的虽然有理，但是革命党一起事，或者国家也要招兵来对付，不如让我先上省去瞧瞧，再行定规一下。你以为怎样呢？我想若是不走这一条路，就永无出头之日啦。"和鸾说："那么，你就去瞧瞧吧。事情如何，总得先回来告诉我。"当下和鸾为他预备些路上应用的东西，第二天就和金权一同上省城去了。

祖凤一去，已有三个月的工夫。和鸾在小屋里独自一人颇觉寂寞。她很信祖凤那副好身手将来必有出人头地的日子。现时在穷困之中，他能尽力去工作。同在一个屋子住着，对于自己也不敢无礼。反想启祯镇日里只会踢毽、弄鸟、赌牌、喝酒以及等等虚华的事，实在叫她越发看重祖凤。一想起他的服从、崇敬和求功名的愿望，就减少了好些思家的苦痛。她每日望着祖凤回来报信，望来望去，只是没有消息，闷极的时候，就弹着琵琶来破她的忧愁和寂寞。因为她爱粤讴，所以把从前所学的词曲忘了一大半。她所弹的差不多都是粤调。

无边的黑暗把一切东西埋在里面。和鸾所住房子只有一点豆粒大的灯光。她从屋里踱出来，瞧瞧四围山林和天空的分别，只在黑色的浓淡。那是摇光从东北渐移到正东，把全

缀网劳蛛

座星斗正横在天顶。她信口唱几句歌词，回头把门关好，端坐在一张竹椅上头，好像有所思想的样子。不一会，她走到桌边，把一支秃笔拿起来，写着：

　　诸天尽黝暗，
　　曷有众星朗？林中劳意人，
　　独坐听山响。山响复何为？
　　欲惊狮子梦。磨牙嗜虎狼，
　　永被腹心痛。


　　她写完这两首，正要往下再写，门外急声叫着："小姐，我回来了。快来替我开门。"她认得是祖凤的声音，喜欢到了不得，把笔搁下，速速地跑去替他开门。一见祖凤，就问："为什么那么晚才回来？哎呀，你的辫子哪里去了？"祖凤说："现在都是时兴这个样子。我是从北街来的，所以到得晚一点。我一去，就被编入伍，因此不能立刻回来。我所投的是民军。起先他们说要北伐，后来也没有打仗就赢了。听说北京的皇帝也投降了，现在的皇帝就是大总统，省城的制台和将军也没了，只有一个都督是最大的，他的下属全是武官。这时候要发达是很容易的。小姐，你别再愁我不长进啦。"和鸾说："这岂不是换了朝代么？""可不是。""那么，你老爷的下落你知道不？"祖凤说："我没有打听这个，我想还是做他的官吧。"和鸾哭着说："不一定的。若是换了朝代，我就永无见我父母之日了。纵使他们不遇害，也没有留在这里的道理。"祖凤瞧她哭了，忙安慰说："请不要过于伤心。明天我回到省城再替你打听打听。现在还不知道是什么情形呢，何必哭。"他好容易把和鸾劝过来。又谈些别后的话，就各自将息去了。

　　早晨的日光照着一对久别的人。被朝雾压住的树林里断断续续发出几只蝈蝈的声音。和鸾一听这种声音，就要引起她无穷的感慨。她只对祖凤说："又是一年了。"她的心事早被祖凤看出，就说："小姐，你又想家了。我见这样，就舍不得让你自己住着，没人服侍。我实在苦了你。"和鸾说："我并不是为没人服侍而愁，瞧你去那么久，我还是自自然然地过日子就可以知道。只要你能得着一个小差事，我就不愁了。"祖凤说："我实在不敢辜负小姐的好意。这次回来无非是要瞧瞧你。我只告一礼拜的假，今天又得回去。论理我是不该走得那么快，无奈……"和鸾说："这倒是不妨。你瞧什么时候应当回去就回去，又何必发愁呢？"祖凤说："那么，我待一会，就要走啦。"他抬头瞧见那只琵琶挂在墙上，说笑着对和鸾说："小姐，我许久不听你弹琵琶了。现在请你随便弹一支给我听，好不好？"和鸾也很喜欢地说："好。我就弹一支粤讴当做给你送行的歌儿吧。"她抱着乐器，定神想了一定，就唱道：

　　　　暂时嘅离别，犯不着短叹长嘘，
　　　　君若嗟叹就唔配称做须眉。
　　　　劝君莫因穷困就添愁绪，
　　　　因为好多古人都系出自寒微。
　　　　你睇樊哙当年曾与屠夫为伴侣；

缀网劳蛛

和尚为君重有个位老朱。

自古话事唔怕难为，只怕人有志，

重任在身，切莫辜负你个堂堂七尺躯。

今日送君说不尽千万语，

只愿你时常寄我好音书。

唉！我记住远地烟树，就系君去处。

劝君就动身吧，唔使再踌躇。

# 五、山大王

在那似烟非烟、似树非树的地平线上，仿佛有一个人影在那里走动。和鸾正在竹林里望着，因为祖凤好几个月没有消息了，她瞧着那人越来越近，心里以为是给她送信来的。她迎上去，却是祖凤。她问："怎么又回来呢？"祖凤说："民军解散了。"他说的时候，脸上显出很不快的样子，接着说："小姐，我实在辜负了你的盼望。但这次销差的不止我一人，连金权一班的朋友都回来了。"和鸾见他发愁，就安慰他说："不要着急，大器本来是晚成的。你且休息一下，过些日再设法吧。"她伸手要替祖凤除下背上的包袱，却被祖凤止住。二人携手到小屋里，和鸾还对他说了好些安慰的话。

时光一天一天地过去，祖凤在家里很觉厌腻，可巧他的机会又到了。金权到他那里，把他叫出来，同在竹林底下坐着。金权问："你还记得金成么？"祖凤说："为什么记不得，他现在怎样啦？"金权说："革命的时候，他从监里逃出来。一向就在四邑一带打劫。现时他在百峰山附近的山寨住着，要多招几个人入伙，所以我特地来召你同行。"祖凤沉思了一会就说："我不能去。因为这事一说起来，我的小姐必定不乐意。这杀头的事谁还敢去干呢？"金权说："咦，你这人真笨！若是会死，连我也不敢去，还敢来招你吗？现在的官兵未必能比咱们强，他们一打不过，就会设法招安，那时我们可又不是好人、军官么？你不曾说过你的小姐要等你做到军官的时候才许你成婚吗？现在有那么好机会不投，还等什么时候呢？从前要做武官是考武秀、武举；现在只要先上梁山做大王，一招安至小也有排长、连长。你瞧金金成有好几个朋友从前都是山寨里的八拜兄弟，现在都做了什么司令、什么镇守使了。听说还有想做督军的哪。……"祖凤插嘴说："督军是什么？"金权答道："哎，你还不知道吗？督军就是总督和将军合成一个的意思，是全国最大的官。我想做官的道路，再没有比这条简捷的了。当兵和做强盗本来没有什么分别，不过他们的招牌正一点，敢青天白日地抢人，我们只在暗里胡挝就是了。你就同我去吧，一定没有伤害的。"祖凤说："你说的虽然有理，但这些话决不能对小姐说起的。我还是等着别的机会吧。"金权说："呀，你真呆！对付女人是一桩极容易的事情，你何必用真实的话对她说呢？往时你有聪明骗她出来，现在就不再哄她一次么？我想你可以对她说现在各处的人民都起了勤王的兵，你也要投军去。她听了一定很喜欢，那就没有不放你去的道理。"祖凤给他劝得活动起来，就说："对呀！这法子稍微可以用得。我就相机行事吧。"金权说："那么，我先回去候你的信。"他说完，走几步，又回头说："你可不要对她提起金成的名字。"

祖凤进去和和鸾商量妥当，第二天和金权一同搬到金成那里。他们走了两三天才到山麓。祖凤扶着和鸾一步一步地上去，歇了好几次才到山顶。那山上有几间破寨，金成就让他们二人同在一间小寨住着。他们常常下山，有时几十天也不回来一次。和鸾在那里越觉寂寞，因为从前还有几个邻村的妇人来谈谈，现在山上只有她和几个守寨的老贼。她每日有这几个人服侍，外面虽觉好些，但精神的苦痛是比从前厉害得多。她正在那里闷着，老贼金照跑进来说："小姐，他们回来了，现在都在金权寨里哪。祖凤叫我来问小姐要穿的还是要戴的，请告诉他，他可以给小姐拿来。"他的口音不大清楚，所以和鸾听不出什么意思来。和鸾说："你去叫他来吧。我不明白你所说的是什么意思。"金照只得就去叫祖凤来。和鸾说："金照来说了大半天，我总听不出什么意思。到底问我要什么？"祖凤从口袋里掏出几只戒指和几串珠子，笑着说："我问你是要这个，或是要衣服。"和鸾诧异到了不得，注目在祖凤脸上说："呀呀！这是从哪里得来的？你莫不是去打劫么？"祖凤从容地说："哪里是打劫。不过咱们的兵现在没有正饷，暂时向民间借用。可幸乡下的绅士们都很仗义，他们捐的钱不够，连家里的金珠宝贝都拿出来。这是发饷时剩下的。还有好些绸缎哪。你若要时，我叫人拿来给你挑选几件。"和鸾说："这些东西，现时在我身上都没有什么用处。你下次出差去的时候，记得给我带些书籍来，我可以借此解解心闷。"祖凤笑说："哈哈，谁愿意带那些笨重的东西上山呢？现在的上等女人都不兴念书了。我在省城，瞧见许多太太、夫人们都是这样。她们只要粉擦得白，头梳得光，衣服穿得漂亮就够了。不就女人，连男子也是如此。前几年，我们的营扎在省城一间什么南强公学，里头的书籍很多，听说都是康圣人的。我们兄弟们嫌那些东西多占地位，一担只卖一块钱，不到三天，都让那小贩买去包东西了。况且我们走路要越轻省越好，若是带书籍，不上三五本就很麻烦啦。好吧，你若是一定要时，我下次就给你带几本来。"说话时，金权又来把他叫去。

祖凤跑到金成寨里，瞧见三四个喽啰坐在那里，早猜着好事又来了。金成起来对祖凤说道："方才钦哥和琉哥来报了两宗肥事：第一，是梁老太爷过几天要出门，我们可以把他拿回来。他儿子现时在京做大官，必定要拿好些钱财来赎回去；第二件是宁阳铁路这几个月常有金山丁（美洲及澳洲华侨）往来。我想找一个好日子，把他们全网打来。我且问你办哪一件最好？劫火车虽说富足一点，但是要用许多手脚。若是劫梁老太爷，只须五六个人就够了。"祖凤沉吟半晌说："我想劫火车好一点。若要多用人，我们可以招聚些。"金成说："那么，你就先到各山寨去招人吧。约好了我们再出发。"

# 六、他的生活

那日下午，火车从北街开行。搭客约有二百余人，金成、祖凤和好些喽啰都扮做搭客，分据在二、三等车里。祖凤拿出时计来一看，低声对坐在身边的同伴说："三点半了，快预备着。"他说完把窗门托下来，往外直望。那时火车快到汾水江地界，正在蒲葵园或芭蕉园中穿行，从窗一望都是绿色的

缀网劳蛛

叶子，连人影也不见。走的时候，车忽然停住。祖凤、金成和其余的都拿出手枪来，指着搭客说："是伶俐人就不要下车。个个人都得坐定，不许站起来。"他们说的时候，好些贼从蒲葵园里钻出来，各人都有凶器在手里。那班贼上了车，就对金成说："先把头、二等车封锁起来，我们再来验这班孤寒鬼。"他们分头挡住头、二等的车门，把那班三等客逐个验过。教每人都伸手出来给他们瞧。若是手长得幼嫩一点的就把他留住，其余粗手、赤脚、肩上有瘢和皮肤粗黑的人，都让他们下车。他们对那班人说："饶了你们这些穷鬼吧。把东西留下，快走。不然，要你们的命。"祖凤把客人所看的书报、小说胡乱抢了几本藏在自己怀中，然后押着那班被掳的下车。

他们把留住的客人，一个夹一个下来。其中有男的，有女的，有金山丁、官僚、学生、工人和管车的，一共有九十六人。那里离河不远，喽啰们早已预备了小汽船在河边等候。他们将这九十六人赶入船里，一个挨一个坐着。且用枪指着，不许客人声张。船走了约有二点钟的光景，才停了轮，那时天已黑了。他们上岸，穿过几丛树林，到了一所荒寨。金成吩咐众喽啰说："你们先去弄东西吃。今晚就让这些货在这里。挑两三个女人送到我那里去，再问凤哥、权哥们要不要。若是有剩就随你们的便。"喽啰们都遵着命令，各人办各人的事去了。

第二天早晨，众贼都围在金成身边，听候调遣。金成对金权说："女人都让你去办吧。有钱的叫她家里来赎；其余的，或是放回或是送到澳门去，都随你的便。"他又把那些男子的姓名、住址问明白，派喽啰各处去打听，预备向他们家里拿相当的金钱来赎回去。喽啰们带了几个外省人来到他跟前。他一问了，知道是做官、当委员的，就大骂说："你们这些该死的人，只会铲地皮，和与我们做对头，今天到我手里，别再想活着。人来，把他们捆在树上，枪毙。"众喽啰七手八脚，不一会都把他们打死了。

三五天后，被派出去的喽啰都回来报各人家里的景况。金成叫各人写信回家取钱，叫祖凤检阅他们的书信。祖凤在信里瞧见一句"被绿林之豪掳去……七月三十日以前……"和"六年七月十九"，就叫那写信的人来说："你这信，到底包藏些什么暗号？你要请官兵来拿我们么？"他指着"绿林""掳""六年七月"等字，问说："这些是什么字？若说不出来，就要你的狗命。现在明明是六月，为何写六年七月？"祖凤不认得那些字，思疑里面有别的意思，所以对着那人说："凡我不认得的字都不许写，你就改作'被山大王捉去'和'丁巳六月'吧。以后再这样，可就不饶你了。晓得么？"检阅时，金权带了两个人来，说："这两个人实在是穷，放了他们吧。"祖凤说："金成说放就放，我不管。"他就跑到金成那里说："放了他们吧。"金成说："不。咱们决不能白放人。他们虽然穷，命还是有用的。咱们就要他们的命来警戒那些有钱而不肯拿出来的人。你且把他们捆在那边，再叫那班人出来瞧。"金成瞧那些俘虏出来，就对他们说："你们都瞧那两个人就是有钱不肯花的。你们若不赶快叫家里拿钱来，我必要一天把你们当中的人枪毙两个，像他们现在一样。"众人见他们二人死了，都吓得啰嗦起来。祖凤说："你们若是精乖，就得速速拿钱来，省得死在这里。"

缀网劳蛛

他们在那寨里正摆布得有条有理，一个喽啰来回报说："官军已到北街了。"金成说："那么，我们就把这些人分开吧。我和祖凤、金权同在一处，将二十人给我们带去。剩下的叫亚球和亚胜分头带走。"祖凤把四个司机人带来，说："这四个是工人，家里也没有什么钱，不如放了他们吧。"金成说："凤哥，你的打算差了。咱们时常要在铁路上往来，若是放他们回去，将来的祸根不小。我想还是请他们去见阎王好一点。"

他们把那几个司机人杀掉以后，各头目带着自己的俘虏分头逃走。金成、祖凤和金权带着二十人，因为天气尚早，先叫他们伏在蒲葵园的叶下，到晚上才把他们带出来。他走了一夜才到山寨。上山后，祖凤拿几本书赶紧跑到自己的寨里，对和鸾说："我给你带书来了。我们掳了好些违抗王师的人回来，现在满山寨都是人哪。"和鸾接过书来瞧一瞧，说："这有什么用？"他悻悻地说："你瞧！正经给你带来，你又说没用处。我早说了，倒不如多掳几个人回来更好哪。"和鸾问："怎么说？""我们掳人回来可以得着他们家里的取赎钱。"和鸾又问："怎样叫他们来赎，若是不肯来，又怎办？"祖凤说："若是要赎回去的话，他们家里的人可以到澳门我们的店里，拿二三斤鸦片或是几箱好烟叶做开门礼，我们才和他讲价。若不然，就把他们治死。"和鸾说："这可不是近于强盗的行为么？"他心里暗笑，口里只答应说："这是不得已的。"他恐怕被和鸾问住，就托故到金成寨里去了。

过不多的日子，那班俘虏已经被人赎回一大半。那晚该祖凤的班送人下山。他用手巾把那几个俘虏的眼睛缚住，才叫喽啰们扶他们下山，自己在后头跟着。他去后不到三点钟的工夫，忽然山后一阵枪声越响越近。金成和剩下的喽啰各人携着枪械下山迎敌。枪声一呼一应，没有片刻停止。和鸾吓得不敢睡，眼瞧着天亮了，那枪声还是不息。她瞧见山下一支人马向山顶奔来，一面旗飘荡着，却认不得是哪一国的旗帜。她害怕得很，要跑到山洞里躲藏。一出门，已有两个兵追着她。她被迫到一个断崖上头，听见一个兵说："吓，这里还有那么好的货，咱们上前把她搂过来受用。"那兵方要进前，和鸾大声喝道："你们这些作乱的人，休得无礼！"二人不理会她，还是要进步。一个兵说："呀，你会飞！"他们捞不着和鸾，正在互相埋怨。一个军官来到，喝着说："你们在这里干什么？还不跟我到处搜去。"

　　从这军官的服装看来，就知道他是一位少校。他的行动十分敏捷，像很能干似的。他搜到和鸾所住的寨里，无意中搜出她的衣服。又把壁上的琵琶拿下来，他见上面贴着一张红纸条，写着："表寸心"，底下还写了她自己的名字。军官就很是诧异，说："哼，原来你在这里！"他回头对众兵丁说："拿住多少贼啦？"都说："没有。""女人呢？""也没有。"他把衣物交给兵丁，叫他们先下山去，自己还在那里找寻着。

　　唉！他的寻找是白费的。他回到营里，天色已是不早，就叫卫兵拿了一盏油灯来，把所得的东西翻来覆去地瞧着。他叹息几声，把东西搁下，起来，在屋里踱来踱去。半晌的工夫，他就拿起笔来写一封信：

　　　　贤妻如面：此次下乡围捕，于贼寨中搜出令姐衣物

缀网劳蛛

多件，然余遍索山中，了无所得，寸心为之怅然。忆昔
年之年，余犹以虐谑为咎，今而后知其为贼所掳也。兹命
卫卒将衣物数事，先呈妆次，俟余回时，再为卿详道之。

夫祯白

　　他把信封好，叫一个兵来将信件拿去。自己眼瞪瞪坐在
那里，把手向腿上一拍。门外的岗兵顺着响处一望，仿佛听
着他的长官说："啊，我现在才明白你的意思。只是你害杀婶
而了。"

# 黄昏后

　　承欢、承懂两姐妹在山上采了一篓羊齿类的干草，是要用来编造果筐和花篮的。她们从那条崎岖的山径一步一步地走下来，刚到山腰，已是喘得很厉害，二人就把篓子放下，歇息一会。

　　承欢的年纪大一点，所以她的精神不如妹妹那么活泼，只坐在一根横露在地面的榕树根上头；一手拿着手巾不歇地望脸上和脖项上揩拭。她的妹妹坐不一会，已经跑入树林里，低着头，慢慢找她心识中的宝贝去了。

　　喝醉了的太阳在临睡时，虽不能发出他固有的本领，然而还有余威把他的妙光长箭射到承欢这里。满山的岩石、树林、泉水，受着这妙光的赏赐，越觉得秋意阑珊了。汐涨的声音，一阵一阵地从海岸送来，远地的归鸟和落叶混着在树林里乱舞。承欢当着这个光景，她的眉、目、唇、舌也不觉跟着那些动的东西，在她那被日光熏黑了的面庞飞舞着。她高兴起来，心中的意思已经禁止不住，就顺口念着："碧海无

缀网劳蛛

风涛自语，丹林映日叶思飞……"还没有念完，她的妹妹就来到跟前，衣裾里兜着一堆的叶子，说："姐姐，你自己坐在这里，和谁说话来？你也不去帮我捡捡叶子，那边还有许多好看的哪。"她说着，顺手把所得的枯叶一片一片地拿出来，说："这个是蚶壳……这是海星……这是没有鳍的翻车鱼……这卷得更好看，是爸爸吸的淡芭菰……这是……"她还要将那些受她想像变化过的叶子，一一给姐姐说明；可是这样的讲解，除她自己以外，是没人愿意用工夫去领教的。承欢不耐烦地说："你且把它们搁在篓里吧，到家才听你的，现在我不愿意听咧。"承懽斜着眼瞧了姐姐一下，一面把叶子装在篓里，说："姐姐不晓得又想什么了。在这里坐着，愿意自己喃喃地说话，就不愿意听我所说的！"承欢说："我何尝说什么，不过念着爸爸那首《秋山晚步》罢了。"她站起来，说："时候不早了，咱们走吧。你可以先下山去，让我自己提这篓子。"承懽说："我不，我要陪着你走。"

二人顺着山径下来，从秋的夕阳渲染出来等等的美丽已经布满前路：霞色、水光、潮音、谷响、草香等等更不消说；即如承欢那副不白的脸庞也要因着这个就增了几分本来的姿色。承欢虽是走着，脚步却不肯放开，生怕把这样晚景错过了似的。她无意中说了一声："呀！妹妹，秋景虽然好，可惜太近残年咧。"承懽的年纪只十岁，自然不能懂得这位十五岁的姐姐所说的是什么意思。她就接着说："挨近残年，有什么可惜不可惜的？越近残年越好，因为残年一过，爸爸就要给我好些东西玩，我也要穿新做的衣服——我还盼望它快点过去哪。"

她们的家就在山下，门前朝着南海。从那里，有时可以望见远地里一两艘法国巡舰在广州湾驶来驶去。姐妹们也说不清她们所住的到底是中国地，或是法国领土，不过时常理会那些法国水兵爱来村里胡闹罢了。刚进门，承懽便叫一声："爸爸，我们回来了！"平常她们一回来，父亲必要出来接她们，这一次不见他出来，承欢以为她父亲的注意是贯注在书本或雕刻上头，所以教妹妹不要声张，只好静静地走进来。承欢把篓子放下，就和妹妹到父亲屋里。

她们的父亲关怀所住的是南边那间屋子，靠壁三五架书籍。又陈设了许多大理石造像——有些是买来的，有些是自己创作的。从这技术室进去就是卧房。二人进去，见父亲不在那里。承欢向壁上一望，就对妹妹说："爸爸又拿着基达尔出去了。你到妈妈坟上，瞧他在那里不在。我且到厨房弄饭，等着你们。"

她们母亲的坟墓就在屋后自己的荔枝园中。承懽穿过几棵荔枝树，就听见一阵基达尔的乐音，和着她父亲的歌喉。她知道父亲在那里，不敢惊动他的弹唱，就蹑着脚步上前。那里有一座大理石的坟头，形式虽和平常一样，然而西洋的风度却是很浓的。瞧那建造和雕刻的工夫，就知道平常的工匠决做不出来，一定是关怀亲手所造的。那墓碑上不记年月，只刻着"佳人关山恒媚"，下面一行小字是"夫关怀手泐"。承懽到时，关怀只管弹唱着，像不理会他女儿站在身旁似的。直等到西方的回光消灭了，他才立起来，一手挟着乐器，一手牵着女儿，从园里慢慢地走出来。

一到门口，承懽就嚷着："爸爸回来了！"她姐姐走出来，

缀网劳蛛

把父亲手里的乐器接住，且说："饭快好啦，你们先到厅里等一会，我就端出来。"关怀牵着承懂到厅里，把头上的义辫脱下，挂在一个衣架上头，回头他就坐在一张睡椅上和承懂谈话。他的外貌像一位五十岁左右的日本人，因为他的头发很短，两撇胡子也是含着外洋的神气。停一会，承欢端饭出来，关怀说："今晚上咱们都回得晚。方才你妹妹说你在山上念什么诗；我也是在书架上偶然捡出十几年前你妈妈写给我的《自君之出矣》，我曾把这十二首诗入了乐谱，你妈妈在世时很喜欢听这个，到现在已经十一二年不弹这调了。今天偶然被我翻出来，所以拿着乐器走到她坟上再唱给她听，唱得高兴，不觉反复了几遍，连时间也忘记了。"承欢说："往时爸爸到墓上奏乐，从没有今天这么久，这诗我不曾听过……"承懂插嘴说："我也不曾听过。"承欢接着说："也许我在当时年纪太小不懂得。今晚上的饭后谈话，爸爸就唱一唱这诗，且给我们说说其中的意思吧。"关怀说："自你四岁以后，我就不弹这调了，你自然是不曾听过的。"他抚着承懂的头，笑说："你方才不是听过了么？"承懂摇头说："那不算，那不算。"他说："你妈妈这十二首诗没有什么可说的，不如给你们说咱们在这里住着的缘故吧。"

吃完饭，关怀仍然倚在睡椅下头，手里拿着一枝雪茄，且吸且说。这老人家在灯光之下说得眉飞目舞，教姐妹们的眼光都贯注在他脸上，好像藏在叶下的猫儿凝神守着那翩飞的蝴蝶一般。

关怀说："我常愿意给你们说这事，恐怕你们不懂得，所以每要说时，便停止了。咱们住在这里，不但邻舍觉得奇怪，连阿欢，你的心里也是很诧异的。现在你的年纪大了，也懂得一点世故了，我就把一切的事告诉你们吧。

"我从法国回到香港，不久就和你妈妈结婚。那时刚要和东洋打仗，邓大人聘了两个法国人做顾问，请我到兵船里做通译。我想着，我到外洋是学雕刻的，通译哪里是我做得来的事，当时就推辞他。无奈邓大人一定要我去，我碍于情面也就允许了。你妈妈虽是不愿意，因为我已允许人家，所以不加拦阻。她把脑后的头发截下来，为我做成那条假辫。"他说到这里，就用雪茄指着衣架，接着说："那辫子好像叫卖的幌子，要当差事非得带着它不可。那东西被我用了那么些年，已修理过好几次，也许现在所有的头发没有一根是你妈妈的哪。

"到上海的时候，那两个法国人见势不佳，没有就他的聘。他还劝我不用回家，日后要用我做别的事，所以我就暂住在上海。我在那里，时常听见不好的消息，直到邓大人在威海卫阵亡时，我才回来。那十二首诗就是我入门时，你妈妈送给我的。"

承欢说："诗里说的都是什么意思？"关怀说："互相赠与的诗，无论如何，第三个人是不能理会，连自己也不能解释给人听的。那诗还搁在书架上，你要看时，明天可以拿去念一念。我且给你说此后我和你妈妈的事。

"自那次打败仗，我自己觉得很羞耻，就立意要隔绝一切的亲友，跑到一个孤岛里居住，为的是要避掉种种不体面的消息，教我的耳朵少一点刺激。你妈妈只劝我回硇州去，但我很不愿意回那里去，以后我们就定意要搬到这里来。这里

缀网劳蛛

离硇州虽是不远，乡里的人却没有和我往来，我想他们必是不知道我住在这里。

"我们买了这所房子连后边的荔枝园。二人就在这里过很欢乐的日子。在这里住不久，你就出世了。我们给你起个名字叫承欢……"承懂紧接着问："我呢？"关怀说："还没有说到你咧，你且听着，待一会才给你说。"

他接着说："我很不愿意雇人在家里做工，或是请别人种地给我收利。但耨田插秧的事都不是我和你妈妈做得来的，所以我们只好买些果树园来做生产的源头；西边那丛椰子林也是在你一周岁时买来做纪念的。那时你妈妈每日的功课就是乳育你，我在技术室做些经常的生活以外，有工夫还出去巡视园里的果树。好几年的工夫，我们都是这样地过，实在快乐啊！

"唉，好事是无常的！我们在这里住不上五年，这一片地方又被法国占据了！当时我又想搬到别处去，为的是要回避这种羞耻，谁知这事不能由我做主，好像我的命运就是这样，要永远住在这蒙羞的土地似的。"关怀说到这里，声音渐渐低微，那忧愤的情绪直把眼睑垠下一半，同时他的视线从女儿的脸上移开，也被地心引力吸住了。

承懂不明白父亲的心思，尽说："这地方很好，为什么又要搬呢？"承欢说："啊，我记得爸爸给我说过，妈妈是在那一年去世的。"关怀说："可不是！从前搬来这里的时候，你妈妈正怀着你；因为风波的颠簸，所以临产时很不顺利，这次可巧又有了阿懂，我不愿意像从前那么唐突，要等她产后才搬。可是她自从得了租借条约签押的消息以后，已经病得

· 70 ·

支持不住了。"那声音的颤动，早已把承欢的眼泪震荡出来。然而这老人家却没有显出什么激烈的情绪，只皱一皱他的眉头而已。

他往下说："她产后不上十二个时辰就……"承懽急急地问："是养我不是？"他说："是。因为你出世不久，你妈妈便撒掉你，所以给你起个名字做阿懽，懽就是忧而无告的意思。"

这时，三个人缄默了一会。门前的海潮音，后园的蟋蟀声，都顺着微风从窗户间送进来。桌上那盏油灯本来被灯花堵得火焰如豆一般大，这次因着微风，更是闪烁不定，几乎要熄灭了。关怀说："阿欢，你去把窗户关上，再将油灯整理一下……小妹妹也该睡了，回头就同她到卧房去吧。"

不论什么人都喜欢打听父母怎样生育他，好像念历史的人爱读开天辟地的神话一样。承懽听到这个去处，精神正在活泼，哪里肯去安息。她从小凳子上站起来，顺势跑到父亲面前，且坐在他的膝上，尽力地摇头说："爸爸还没有说完哪。我不困，快往下说吧。"承欢一面关窗，一面说："我也愿意再听下去，爸爸就接着说吧。今晚上迟一点睡也无妨。"她把灯心弄好，仍回原位坐下，注神瞧着她的父亲。

油灯经过一番收拾，越显得十分明亮，关怀的眼睛忽然移到屋角一座石像上头。他指着对女儿说："那就是你妈妈去世前两三点钟的样子。"承懽说："姐姐也曾给我说过那是妈妈，但我准知道爸爸屋里那个才是。我不信妈妈的脸难看到这个样子。"他抚着承懽的颅顶说："那也是好看的。你不懂得，所以说她不好看。"他越说越远，几乎把方才所说的忘掉，

缀网劳蛛

幸亏承欢再用话语提醒他，那老人家才接续地说下去。

他说："我的搬家计划，被你妈妈这一死就打消了。她的身体已藏在这可羞的土地，而且你和阿懂年纪又小，服事你们两个小姐妹还忙不过来，何况搬东挪西地往外去呢？因此，我就定意要终身住在这里，不想再搬了。

"我是不愿意雇人在家里为我工作的。就是乳母，我也不愿意雇一个来乳育阿懂。我不信男子就不会养育婴孩，所以每日要亲自尝试些乳育的工夫。"承懂问："爸爸，当时你有奶子给我喝吗？"关怀说："我只用牛乳喂你。然而男子有时也可以生出乳汁的……阿欢，我从前不曾对你说过孟景休的事么？"承欢说："是，他是一个孝子，因为母亲死掉，留下一个幼弟，他要自己做乳育的工夫，果然有乳浆从他的乳房溢出来。"关怀笑说："我当时若不是一个书呆子，就是这事一定要孝子才办得到，贞夫是不许做的。我每每抱着阿懂，让她啜我的乳头，看看能够溢出乳浆不能，但试来试去，都不成功。养育的工夫虽然是苦，我却以为这是父母二人应当共同去做的事情，不该让为母的独自担任这番劳苦。"

承欢说："可是这事要女人去做才合宜。"

"是的。自从你妈妈没了以后，别样事体倒不甚棘手，对于你所穿的衣服总觉得肮脏和破裂得非常的快。我自己也不会做针黹，整天要为你求别人缝补。这几乎又要把我所不求人的理想推翻了！当时有些邻人劝我为你们续娶一个……"

承欢说："我们有一位后娘倒好。"

那老人家瞪着眼，口里尽力地吸着雪茄，少停，他的声音就和青烟一齐冒出来。他郑重地说："什么？一个人能像禽兽一样，只有生前的恩爱，没有死后的情愫么？"

从他口里吐出来的青烟早已触得承懽咳咳地咳嗽起来。她断续地说："爸爸的口直像王家那个破灶，闷得人家的眼睛和喉咙都不爽快。"关怀拍着她的背说："你真会用比方！这是从外洋带回来的习惯，不吸它也罢，你就拿去搁在烟盂里吧。"承懽拿着那枝雪茄，忽像想起什么事似的，她走到屋里把所捡的树叶拿出来，对父亲说："爸爸吸这一支吧，这比方才那枝好得多。"她父亲笑着把叶子接过去，仍教承懽坐在膝上，眼睛望着承欢说："阿欢，你以再婚为是么？"他的女儿自然不能回答，也不敢回答这重要的问题。她只嘿嘿地望着父亲两只灵活的眼睛，好像要听那两点微光的回答一样。那回答的声音果如从父亲的眼光中发出来——他凝神瞧着承欢说："我想你也不以为然。一个女人再醮，若是人家要轻看她，一个男子续娶，难道就不应当受轻视么？所以当时凡有劝我续弦的，都被我拒绝了。我想你们没有母亲虽是可哀，然而有一个后娘更是不幸的。"

门前的海潮音，后园的蟋蟀声，加上檐牙的铁马和树上的夜啼鸟，这几种声音直像强盗一样，要从门缝窗隙间闯进来捣乱他们的夜谈。那两个女孩子虽不理会，关怀的心却被它们抢掠去了。他的眼睛注视着窗外那似树如山的黑影。耳中听着那种铮铮铛铛、嘶嘶嗦嗦、泪泪潝潝的杂响，口里说："我一听见铁马的音响，就回想到你妈妈做新娘时，在洞房里走着，那脚钏铃铛的声音。那声音虽有大小的分别，风味却差不多。"

他把射到窗外的目光移到承欢身上，说："你妈妈姓山，

缀网劳蛛

所以我在日间或夜间偶然瞧见尖锥形的东西就想着山，就想着她。在我心目中的感觉，她实在没死，不过是怕遇见更大的羞耻，所以躲藏着，但在人静的时候，她仍是和我在一处的。她来的时候，也去瞧你们，也和你们谈话，只是你们都像不大认识她一样，有时还不瞅睬她。"承懂说："妈妈一定是在我们睡熟时候来的，若是我醒时，断没有不瞅睬她的道理。"那老人家抚着这幼女的背说："是的。你妈妈常夸奖你，说你聪明，喜欢和她谈话，不像你姐姐越大就越发和她生疏起来。"承欢知道这话是父亲造出为教妹妹喜欢的，所以她笑着说："我心里何尝不时刻惦念着妈妈呢？但她一来到，我怎么就不知道，这真是怪事！"

关怀对着承欢说："你和你妈妈离别时年纪还小，也许记不清她的模样；可是你须知道，不论要认识什么物体都不能以外貌为准的，何况人面是最容易变化的呢？你要认识一个人，就得在他的声音、容貌之外找寻，这形体不过是生命中极短促的一段罢了。树木在春天发出花叶，夏天结了果子，一到秋冬，花、叶、果子多半失掉了，但是你能说没有花、叶的就不是树木么？池中的蝌蚪，渐渐长大成一只蛤蟆，你能说蝌蚪不是小蛤蟆么？无情的东西变得慢，有情的东西变得快。故此，我常以你妈妈的坟墓为她的变化身，我觉得她的身体已经比我长得大，比我长得坚强，她的声音，她的容貌，是遍一切处的。我到她的坟上，不是盼望她那卧在土中的肉身从墓碑上挺起来，我瞧她的身体就是那个坟墓，我对着那墓碑就和在这屋对你们说话一样。"

承懂说："哦，原来妈妈不是死，是变化了。爸爸，你那么爱妈妈，但她在这变化的时节，也知道你是疼爱她的么？"

"她一定知道的。"

承懂说："我每到爸爸屋里，对着妈妈的遗像叫唤、抚摩，有时还敲打她几下。爸爸，若是那像真是妈妈，她肯让我这样抚摩和敲打么？她也能疼爱我，像你疼我一样么？"

关怀回答说："一定很喜欢。你妈妈连我这么高大，她还十分疼爱，何况你是一个聪明伶俐的小孩子！妈妈的疼爱比爸爸大得多。你睡觉的时候，爸爸只能给你垫枕、盖被；若是妈妈，一定要将她那只滑腻而温暖的手臂给你枕着，还要搂着你，教你不惊不慌地安睡在她怀里。你吃饭的时候，爸爸只能给你预备小碗、小盘；若是妈妈，一定要把她那软和而常摇动的膝头给你做凳子，还要亲手递好吃的东西到你口里。你所穿的衣服，爸爸只能为你买些时式的和贵重的；若是妈妈，一定要常常给你换新样式，她要亲自剪裁，亲自刺绣，要用最好看的颜色——就是你最喜欢的颜色——给你做上。妈妈的疼爱实在比爸爸的大得多！"

承懂坐在父亲膝上，一听完这段话，她的身体的跳荡好像骑在马上一样。她一面摇着身子，一面拍着自己两只小腿，说："真的么？她为何不对我这样做呢？爸爸，快叫妈妈从坟里出来吧。何必为着这蒙羞的土地就藏起来，不教她亲爱的女儿和她相会呢？从前我以为妈妈的脾气老是那个样子：两只眼睛瞧着人，许久也不转一下；和她说话也不答应；要送东西给她，她两只手又不知道往哪里去，也不会伸出来接一接，所以我想她一定是不懂人情的。现在我就知道她不是无知的。爸爸，你为我到坟里把妈妈请出来吧，不然，你就把

缀网劳蛛

前头那扇石门挪开，让我进去找她。爸爸曾说她在晚间常来，待一会，她会来么？"

关怀把她亲了一下，说："好孩子，你方才不是说你曾叫过她，摸过她，有时还敲打她么？她现在已经变成那个样子了，纵使你到坟墓里去找她也是找不着的。她常在我屋里，常在那里（他指着屋角那石像），常在你心里，常在你姐姐心里，常在我心里。你和她说话或送东西给她时，她虽像不理你，其实她疼爱你，已经领受你的敬意。你若常常到她面前，用你的孝心，你的诚意供献给她，日子久了，她心里喜欢让你见着她的容貌。她要用妩媚的眼睛瞧着你，要开口对你发言，她那坚硬而白的皮肤要化为柔软娇嫩，好像你的身体一样。待一会，她一定来，可是不让你瞧见她，因为她先要瞧瞧你对于她的爱心怎样，然后教你瞧见她。"

承欢也随着对妹妹证明说："是，我像你那么大的时候，也很愿意见妈妈一面。后来我照着爸爸的话去做，果然妈妈从石像座儿走下来，搂着我和我谈话，好像现在爸爸搂着你和你谈话一样。"

承懂把右手的食指含在口里，一双伶俐的小眼射在地上，不歇地转动，好像了悟什么事体，还有所发明似的。她抬头对父亲说："哦，爸爸，我明白了。以后我一定要格外地尊敬妈妈那座造像，盼望她也能下来和我谈话。爸爸，比如我用尽我的孝敬心来服事她，她准能知道么？"

"她一定知道的。"

"那么，方才所捡那些叶子，若是我好好地把它们藏起来，一心供养着，将来它们一定也会变成活的海星、瓦楞子或翻车鱼了。"关怀听了，莫明其妙。承欢就说："方才妹妹捡了一大堆的干叶子，内中有些像鱼的，有些像螺贝的，她问的是那些东西。"关怀说："哦，也许会，也许会。"承懂要立刻跳下来，把那些叶子搬来给父亲瞧，但她的父亲说："你先别拿出来，明天我才教给你保存它们的方法。"

关怀生怕他的爱女晚间说话过度，在睡眠时做梦，就劝承懂说："你该去睡觉啦。我和你到屋里去吧。明早起来，我再给你说些好听的故事。"承懂说："不，我不。爸爸还没有说完呢，我要听完了才睡。"关怀说："妈妈的事长着呢，若是要说，一年也说不完，明天晚上再接下去说吧。"那小女孩于是从父亲膝上跳下来，拉着父亲的手，说："我先要到爸爸屋里瞧瞧那个妈妈。"关怀就和她进去。

他把女儿安顿好，等她睡熟，才回到自己屋里。他把外衣脱下，手里拿着那个嗳嗞①囊，和腰间的玉佩，把玩得不忍撒手，料想那些东西一定和他的亡妻关山恒媚很有关系。他们的恩爱公案必定要在临睡前复讯一次。他走到石像前，不歇用手去摩弄那坚实而无知的物体，且说："多谢你为我留下这两个女孩，教我的晚景不至过于惨淡。不晓得我这残年要到什么时候才可以过去，速速地和你同住在一处。唉！你的女儿是不忍离开我的，要她们成人，总得在我们再会之后。我现在正浸在父亲的情爱中，实在难以解决要怎样经过这衰弱的残年，你能为我和从你身体分化出来的女儿们打算么？"

他静静地站在那里，好像很注意听着那石像的回答。可

---

① 嗳嗞：眼镜。

缀网劳蛛

是那用手造的东西怎样发出她的意思，我们的耳根太钝，实在不能听出什么话来。

他站了许久，回头瞧见承欢还在北边的厅里编织花篮，两只手不停地动来动去，口里还低唱着她的工夫歌。他从窗门对女儿说："我儿，时候不早了，明天再编吧。今晚上妹妹话说得过多，恐怕不能好好地睡，你得留神一点。"承欢答应一声，就把那个未做成的篮子搁起来，把那盏小油灯拿着到自己屋里去了。

灯光被承欢带去以后，满屋都被黑暗充塞着。秋萤一只两只地飞入关怀的卧房，有时歇在石像上头。那光的闪烁，可使关山恒媚的脸对着她的爱者发出一度一度的流盼和微笑。但是从外边来的，还有汩稳的海潮音，嘶嗦的蟋蟀声，铮铛的铁马响，那可以说是关山恒媚为这位老鳏夫唱的催眠歌曲。

# 缀网劳蛛

"我像蜘蛛，
命运就是我的网。"
我把网结好，
还住在中央。
呀，我的网甚时节受了损伤！
这一坏，教我怎地生长？
生的巨灵说："补缀补缀吧。"
世间没有一个不破的网。
我再结网时，
要结在玳瑁梁栋
珠玑帘拢；
或结在断井颓垣
荒烟蔓草中呢？
生的巨灵按手在我头上说：
"自己选择去吧，

你所在的地方无不兴隆、亨通。"

虽然,我再结的网还是像从前那么脆弱,

敌不过外力冲撞;

我网的形式还要像从前那么整齐——

平行的丝连成八角、十二角的形状么?

他把"生的万花筒"交给我,说:

"望里看吧,

你爱怎样,就结成怎样。"

呀,万花筒里等等的形状和颜色

仍与从前没有什么差别!

求你再把第二个给我,

我好谨慎地选择。

"咄咄!贪得而无智的小虫!

自而今回溯到濛鸿,

从没有人说过里面有个形式与前相同。

去吧,生的结构都由这几十颗'彩琉璃屑'幻成种种,

不必再看第二个生的万花筒。"

　　那晚上的月色格外明朗,只是不时来些微风把满园的花影移动得不歇地作响。素光从椰叶下来,正射在尚洁和她的客人史夫人身上。她们二人的容貌,在这时候自然不能认得十分清楚,但是二人对谈的声音却像幽谷的回响,没有一点模糊。

　　周围的东西都沉默着,像要让她们密谈一般,树上的鸟儿把喙插在翅膀底下;草里的虫儿也不敢做声;就是尚洁

身边那只玉狸，也当主人所发的声音为催眠歌，只管蜷蜷地沉睡着。她用纤手抚着玉狸，目光注在她的客人身上，懒懒地说："夺魁嫂子，外间的闲话是听不得的。这事我全不计较——我虽不信定命的说法，然而事情怎样来，我就怎样对付，毋庸在事前预先谋定什么方法。"

她的客人听了这场冷静的话，心里很是着急，说："你对于自己的前程太不注意了！若是一个人没有长久的顾虑，就免不了遇着危险，外人的话虽不足信，可是你得把你的态度显示得明了一点，教人不疑惑你才是。"

尚洁索性把玉狸抱在怀里，低着头，只管摩弄。一会儿，她才冷笑了一声，说："吓吓，夺魁嫂子，你的话差了，危险不是顾虑所能闪避的。后一小时的事情，我们也不敢说准知道，哪里能顾到三四个月、三两年那么长久呢？你能保我待一会不遇着危险，能保我今夜里睡得平安么？纵使我准知道今晚上会遇着危险，现在的谋虑也未必来得及。我们都在云雾里走，离身二三尺以外，谁还能知道前途的光景呢？经里说：'不要为明日自夸，因为一日要生何事，你尚且不能知道。'这句话，你忘了么？唉，我们都是从渺茫中来，在渺茫中住，望渺茫中去。若是怕在这条云封雾锁的生命路程里走动，莫如止住你的脚步；若是你有漫游的兴趣，纵然前途和四围的光景暧昧，不能使你赏心快意，你也是要走的。横竖是往前走，顾虑什么？

"我们从前的事，也许你和一般侨寓此地的人都不十分知道。我不愿意破坏自己的名誉，也不忍教他出丑。你既是要我把态度显示出来，我就得略把前事说一点给你听，可是要

缀网劳蛛

求你暂时守这个秘密。

"论理，我也不是他的……"

史夫人没等她说完，早把身子挺起来，作很惊讶的样子，回头用焦急的声音说："什么？这又奇怪了！"

"这倒不是怪事，且听我说下去。你听这一点，就知道我的全意思了。我本是人家的童养媳，一向就不曾和人行过婚礼——那就是说，夫妇的名分，在我身上用不着。当时，我并不是爱他，不过要仗着他的帮助，救我脱出残暴的婆家。走到这个地方，依着时势的境遇，使我不能不认他为夫……"

"原来你们的家有这样特别的历史……那么，你对于长孙先生可以说没有精神的关系，不过是不自然的结合罢了。"

尚洁庄重地回答说："你的意思是说我们没有爱情么？诚然，我从不曾在别人身上用过一点男女的爱情，别人给我的，我也不曾辨别过那是真的，这是假的。夫妇，不过是名义上的事；爱与不爱，只能稍微影响一点精神的生活，和家庭的组织是毫无关系的。

"他怎样想法子要奉承我，凡认识我的人都觉得出来。然而我却没有领他的情，因为他从没有把自己的行为检点一下。他的嗜好多，脾气坏，是你所知道的。我一到会堂去，每听到人家说我是长孙可望的妻子，就非常的惭愧。我常想着从不自爱的人所给的爱情都是假的。

"我虽然不爱他，然而家里的事，我认为应当替他做的，我也乐意去做。因为家庭是公的，爱情是私的。我们两人的关系，实在就是这样。外人说我和谭先生的事，全是不对的。我的家庭已经成为这样，我又怎能把它破坏呢？"

史夫人说："我现在才看出你们的真相，我也回去告诉史先生，教他不要多信闲话。我知道你是好人，是一个纯良的女子，神必保佑你。"说着，用手轻轻地拍一拍尚洁的肩膀，就站立起来告辞。

尚洁陪她在花荫底下走着，一面说："我很愿意你把这事的原委单说给史先生知道。至于外间传说我和谭先生有秘密的关系，说我是淫妇，我都不介意。连他也好几天不回来啦。我估量他是为这事生气，可是我并不辩白。世上没有一个人能够把真心拿出来给人家看；纵然能够拿出来，人家也看不明白，那么，我又何必多费唇舌呢？人对于一件事情一存了成见，就不容易把真相观察出来。凡是人都有成见，同一件事，必会生出歧异的评判，这也是难怪的。我不管人家怎样批评我，也不管他怎样疑惑我，我只求自己无愧，对得住天上的星辰和地下的蝼蚁便了。你放心吧，等到事情临到我身上，我自有方法对付。我的意思就是这样，若是有工夫，改天再谈吧。"

她送客人出门，就把玉狸抱到自己房里。那时已经不早，月光从窗户进来，歇在椅桌、枕席之上，把房里的东西染得和铅制的一般。她伸手向床边按了一按铃子，须臾，女佣妥娘就上来。她问："佩荷姑娘睡了么？"妥娘在门边回答说："早就睡了。消夜已预备好了，端上来不？"她说着，顺手把电灯拧着，一时满屋里都着上颜色了。

在灯光之下，才看见尚洁斜倚在床上。流动的眼睛，软润的颔颊，玉葱似的鼻，柳叶似的眉，桃绽似的唇，衬着蓬乱的头发……凡形体上各样的美都凑合在她头上。她的身体，

缀网劳蛛

修短也很合度。从她口里发出来的声音都合音节，就是不懂
音乐的人，一听了她的话语，也能得着许多默感。她见妥娘
把灯拧亮了，就说："把它拧灭了吧。光太强了，更不舒服。
方才我也忘了留史夫人在这里消夜。我不觉得十分饥饿，不
必端上来，你们可以自己方便去。把东西收拾清楚，随着给
我点一支洋烛上来。"

妥娘遵从她的命令，立刻把灯灭了，接着说："相公今晚
上也许又不回来，可以把大门扣上么？"

"是，我想他永远不回来了。你们吃完，就把门关好，各
自歇息去吧，夜很深了。"

尚洁独坐在那间充满月亮的房里，桌上一支洋烛已燃过
三分之二，轻风频拂火焰，眼看那支发光的小东西要泪尽了。
她于是起来，把烛火移到屋角一个窗户前头的小几上。那里
有一个软垫，几上搁几本经典和祈祷文。她每夜睡前的功课
就是跪在那垫上默记三两节经句，或是诵几句祷词。别的事
情，也许她会忘记，惟独这圣事是她所不敢忽略的。她跪在
那里冥想了许多，睁眼一看，火光已不知道在什么时候从烛
台上逃走了。

她立起来，把卧具整理妥当，就躺下睡觉，可是她怎能
睡着呢？呀，月亮也循着宾客的礼，不敢相扰，慢慢地辞了
她，走到园里和它的花草朋友、木石知交周旋去了！

月亮虽然辞去，她还不转眼地望着窗外的天空，像要诉
她心中的秘密一般。她正在床上辗来转去，忽听园里"曜曜"
一声，响得很厉害，她起来，走到窗边，往外一望，但见一
重一重的树影和夜雾把园里盖得非常严密，教她看不见什么。

于是她蹑步下楼，唤醒妥娘，命她到园里去察看那怪声的出处。妥娘自己一个人哪里敢出去，她走到门房把团哥叫醒，央他一同到围墙边察一察。团哥也就起来了。

妥娘去不多会，便进来回话。她笑着说："你猜是什么呢？原来是一个蹇运的窃贼摔倒在我们的墙根。他的腿已摔坏了，脑袋也撞伤了，流得满地都是血，动也动不得了。团哥拿着一枝荆条正在抽他哪。"

尚洁听了，一霎时前所有的恐怖情绪一时尽变为慈祥的心意。她等不得回答妥娘，便跑到墙根。团哥还在那里，"你这该死的东西……不知厉害的坏种……"一句一鞭，打骂得很高兴。尚洁一到，就止住他，还命他和妥娘把受伤的贼扛到屋里来。她吩咐让他躺在贵妃榻上。仆人们都显出不愿意的样子，因为他们想着一个贼人不应该受这么好的待遇。

尚洁看出他们的意思，便说："一个人走到做贼的地步是最可怜悯的。若是你们不得着好机会，也许……"她说到这里，觉得有点失言，教她的佣人听了不舒服，就改过一句说话："若是你们明白他的境遇，也许会体贴他。我见了一个受伤的人，无论如何，总得救护的。你们常常听见'救苦救难'的话，遇着忧患的时候，有时也会脱口地说出来，为何不从'他是苦难人'那方面体贴他呢？你们不要怕他的血沾脏了那垫子，尽管扶他躺下吧。"团哥只得扶他躺下，口里沉吟地说："我们还得为他请医生去么？"

"且慢，你把灯移近一点，待我来看一看。救伤的事，我还在行。妥娘，你上楼去把我们那个常备药箱，捧下来。"又对团哥说，"你去倒一盆清水来吧。"

缀
网
劳
蛛

仆人都遵命各自干事去了。那贼虽闭着眼，方才尚洁所说的话，却能听得分明。他心里的感激可使他自忘是个罪人，反觉他是世界里一个最能得人爱惜的青年。这样的待遇，也许就是他生平第一次得着的。他呻吟了一下，用低沉的声音说："慈悲的太太，菩萨保佑慈悲的太太！"

那人的太阳边受的伤很重，腿部倒不十分厉害。她用药棉蘸水轻轻地把伤处周围的血迹涤净，再用绷带裹好。等到事情做得清楚，天早已亮了。

她正转身要上楼去换衣服，蓦听得外面敲门的声很急，就止步问说："谁这么早就来敲门呢？"

"是警察吧。"

妥娘提起这四个字，教她很着急。她说："谁去告诉警察呢？"那贼躺在贵妃榻上，一听见警察要来，恨不能立刻起来跪在地上求恩。但这样的行动已从他那双劳倦的眼睛表白出来了。尚洁跑到他跟前，安慰他说："我没有叫人去报警察……"正说到这里，那从门外来的脚步已经踏进来。

来的并不是警察，却是这家的主人长孙可望。他见尚洁穿着一件睡衣站在那里和一个躺着的男子说话，心里的无明业火已从身上八万四千个毛孔里发射出来。他第一句就问："那人是谁？"

这个问实在教尚洁不容易回答，因为她从不曾问过那受伤者的名字，也不便说他是贼。

"他……他是受伤的人……"

可望不等说完，便拉住她的手，说："你办的事，我早已知道。我这几天不回来，正要侦察你的动静，今天可给我撞见了。我何尝辜负你呢？一同上去吧，我们可以慢慢地谈。"不由分说，拉着她就往上跑。

妥娘在旁边，看得情急，就大声嚷着："他是贼！"

"我是贼，我是贼！"那可怜的人也嚷了两声。可望只对着他冷笑，说："我明知道你是贼。不必报名，你且歇一歇吧。"

一到卧房里，可望就说："我且问你，我有什么对你不起的地方？你要入学堂，我便立刻送你去；要到礼拜堂听道，我便特地为你预备车马。现在你有学问了，也入教了；我且问你，学堂教你这样做，教堂教你这样做么？"

他的话意是要诘问她为什么变心，因为他许久就听见人说尚洁嫌他鄙陋不文，要离弃他去嫁给一个姓谭的。夜间的事，他一概不知，他进门一看尚洁的神色，老以为她所做的是一段爱情把戏。在尚洁方面，以为他是不喜欢她这样待遇窃贼。她的慈悲性情是上天所赋的，她也觉得这样办，于自己的信仰和所受的教育没有冲突，就回答说："是的，学堂教我这样做，教会也教我这样做。你敢是……"

"是么？"可望喝了一声，猛将怀中小刀取出来向尚洁的肩膀上一击。这不幸的妇人立时倒在地上，那玉白的面庞已像渍在胭脂膏里一样。

她不说什么，但用一种沉静的和无抵抗的态度，就足以感动那愚顽的凶手。可望当此情景，心中恐怖的情绪已把凶猛的怒气克服了。他不再有什么动作，只站在一边出神。他看尚洁动也不动一下，估量她是死了。那时，他觉得自己的罪恶压住他，不许再逗留在那里，便溜烟似的往外跑。

缀网劳蛛

妥娘见他跑了，知道楼上必有事故，就赶紧上来，她看尚洁那样子，不由得"啊，天公！"喊了一声，一面上去，要把她搀扶起来。尚洁这时，眼睛略略睁开，像要对她说什么，只是说不出。她指着肩膀示意，妥娘才看见一把小刀插在她肩上。妥娘的手便即酥软，周身发抖，待要扶她，也没有气力了。她含泪对着主妇说："容我去请医生吧。"

"史……史……"妥娘知道她是要请史夫人来，便回答说："好，我也去请史夫人来。"她教团哥看门，自己雇一辆车找救星去了。

医生把尚洁扶到床上，慢慢施行手术，赶到史夫人来时，所有的事情都弄清楚啦。医生对史夫人说："长孙夫人的伤不甚要紧，保养一两个星期便可复元。幸而那刀从肩胛骨外面脱出来，没有伤到肺叶——那两个创口是不要紧的。"

医生辞去以后，史夫人便坐在床沿用法子安慰她。这时，尚洁的精神稍微恢复，就对她的知交说："我不能多说话，只求你把底下那个受伤的人先送到公医院去；其余的，待我好了再给你说……唉，我的嫂子，我现在不能离开你，你这几天得和我同在一块儿住。"

史夫人一进门就不明白底下为什么躺着一个受伤的男子。妥娘去时，也没有对她详细地说。她看见尚洁这个样子，又不便往下问。但尚洁的颖悟性从不会被刀所伤，她早明白史夫人猜不透这个闷葫芦，就说："我现在没有气力给你细说，你可以向妥娘打听去。就要速速去办，若是他回来，便要害了他的性命。"

史夫人照她所吩咐的去做；回来，就陪着她在房里，没

轻阅读

有回家。那四岁的女孩佩荷更不知道这是怎么一回事，还是啼啼笑笑，过她的平安日子。

一个星期，两个星期，在她病中默默地过去。她也渐次复元了。她想许久没有到园里去，就央求史夫人扶着她慢慢走出来。她们穿过那晚上谈话的柳荫，来到园边一个小亭下，就歇在那里。她们坐的地方满开了玫瑰，那清静温香的景色委实可以消灭一切忧闷和病害。

"我已忘了我们这里有这么些好花，待一会，可以折几枝带回屋里。"

"你且歇歇，我为你选择几枝吧。"史夫人说时，便起来折花。尚洁见她脚下有一朵很大的花，就指着说："你看，你脚下有一朵很大、很好看的，为什么不把它摘下？"

史夫人低头一看，用手把花提起来，便叹了一口气。

"怎么啦？"

史夫人说："这花不好。"因为那花只剩地上那一半，还有一边是被虫伤了。她怕说出伤字，要伤尚洁的心，所以这样回答。但尚洁看的明明是一朵好花，直教递过来给她看。

"夺魁嫂，你说它不好么？我在此中找出道理咧！这花虽然被虫伤了一半，还开得这么好看，可见人的命运也是如此——若不把他的生命完全夺去，虽然不完全，也可以得着生活上一部分的美满，你以为如何呢？"

史夫人知道她联想到自己的事情上头，只回答说："那是当然的，命运的偃塞和亨通，于我们的生活没有多大关系。"

谈话之间，妥娘领着史夺魁先生进来。他向尚洁和他的妻子问过好，便坐在她们对面一张凳上。史夫人不管她丈夫

缀网劳蛛

要说什么，头一句就问："事情怎样解决呢？"

史先生说："我正是为这事情来给长孙夫人一个信。昨天在会堂里有一个很激烈的纷争，因为有些人说可望的举动是长孙夫人迫他做成的，应当剥夺她赴圣筵的权利。我和我奉真牧师在席间极力申辩，终归无效。"他望着尚洁说："圣筵赴与不赴也不要紧。因为我们的信仰决不能为仪式所束缚，我们的行为，只求对得起良心就算了。"

"因为我没有把那可怜的人交给警察，便责罚我么？"

史先生摇头说："不，不，现在的问题不在那事上头。前天可望寄一封长信到会里，说到你怎样对他不住，怎样想弃绝他去嫁给别人。他对于你和某人、某人往来的地点、时间都说出来。且说，他不愿意再见你的面，若不与你离婚，他永不回家。信他所说的人很多，我们怎样申辩也挽不过来。我们虽然知道事实不是如此，可是不能找出什么凭据来证明。我现在正要告诉你，若是要到法庭去的话，我可以帮你的忙。这里不像我们祖国，公庭上没有女人说话的地位。况且他的买卖起先都是你拿资本出来，要离异时，照法律，最少总得把财产分一半给你……像这样的男子，不要他也罢了。"

尚洁说："那事实现在不必分辩，我早已对嫂子说明了。会里因为信条的缘故，说我的行为不合道理，便禁止我赴圣筵——这是他们所信的，我有什么可说的呢！"她说到末一句，声音便低下了。她的颜色很像为同会的人误解她和误解道理惋惜。

"唉，同一样道理，为何信仰的人会不一样？"

她听了史先生这话，便兴奋起来，说："这何必问？你不常听见人说：'水是一样，牛喝了便成乳汁，蛇喝了便成毒液'么？我管保我所得能化为乳汁，哪能干涉人家所得的变成毒液呢？若是到法庭去的话，倒也不必。我本没有正式和他行过婚礼，自毋须乎在法庭上公布离婚。若说他不愿意再见我的面，我尽可以搬出去。财产是生活的赘瘤，不要也罢，和他争什么？他赐给我的恩惠已是不少，留着给他……"

"可是你一把财产全部让给他，你立刻就不能生活。还有佩荷呢？"

尚洁沉吟半晌便说："不妨，我私下也曾积聚些少，只不能支持到一年罢了。但不论如何，我总得自己挣扎。至于佩荷……"她又沉思了一会，才续下去说："好吧，看他的意思怎样，若是他愿意把那孩子留住，我也不和他争。我自己一个人离开这里就是。"

他们夫妇二人深知道尚洁的性情，知道她很有主意，用不着别人指导。并且她在无论什么事情上头都用一种宗教的精神去安排。她的态度常显出十分冷静和沉毅，做出来的事，有时超乎常人意料之外。

史先生深信她能够解决自己将来的生活，一听了她的话，便不再说什么，只略略把眉头皱了一下而已。史夫人在这两三个星期间，也很为她费了些筹划。他们有一所别业在土华地方，早就想教尚洁到那里去养病，到现在她才开口说："尚洁妹子，我知道你一定有更好的主意，不过你的身体还不甚复元，不能立刻出去做什么事情，何不到我们的别庄里静养一下，过几个月再行打算？"史先生接着对他妻子说："这也好。只怕路途远一点，由海船去，最快也得两天才可以到。

缀网劳蛛

但我们都是惯于出门的人，海涛的颠簸当然不能制服我们，若是要去的话，你可以陪着去，省得寂寞了长孙夫人。"

　　尚洁也想找一个静养的地方，不意他们夫妇那么仗义，所以不待踌躇便应许了。她不愿意为自己的缘故教别人麻烦，因此不让史夫人跟着前去。她说："寂寞的生活是我尝惯的。史嫂子在家里也有许多当办的事情，哪里能够和我同行？还是我自己去好一点。我很感谢你们二位的高谊，要怎样表示我的谢忱，我却不懂得；就是懂，也不能表示得万分之一。我只说一声'感激莫名'便了。史先生，烦你再去问他要怎样处置佩荷，等这事弄清楚，我便要动身。"她说着，就从方才摘下的玫瑰中间选出一朵好看的递给史先生，教他插在胸前的纽门上。不久，史先生也就起立告辞，替她办交涉去了。

　　土华在马来半岛的西岸，地方虽然不大，风景倒还幽致。那海里出的珠宝不少，所以住在那里的多半是搜宝之客。尚洁住的地方就在海边一丛棕林里。在她的门外，不时看见采珠的船往来于金的塔尖和银的浪头之间。这采珠的工夫赐给她许多教训。因为她这几个月来常想着人生就同入海采珠一样，整天冒险入海里去，要得着多少，得着什么，采珠者一点把握也没有。但是这个感想决不会妨害她的生命。她见那些人每天迷蒙蒙地搜求，不久就理会她在世间的历程也和采珠的工作一样。要得着多少，得着什么，虽然不在她的权能之下，可是她每天总得入海一遭，因为她的本分就是如此。

　　她对于前途不但没有一点灰心，且要更加奋勉。可望虽是剥夺她们母女的关系，不许佩荷跟着她，然而她仍不忍弃掉她的责任，每月要托人暗地里把吃的用的送到故家去给她女儿。

她现在已变主妇的地位为一个珠商的记室了。住在那里的人，都说她是人家的弃妇，就看轻她，所以她所交游的都是珠船里的工人。那班没有思想的男子在休息的时候，便因着她的姿色争来找她开心。但她的威仪常是调伏这班人的邪念，教他们转过心来承认她是他们的师保。

她一连三年，除干她的正事以外，就是教她那班朋友说几句英吉利语，念些少经文，知道些少常识。在她的团体里，使令、供养，无不如意。若说过快活日子，能像她这样也就不劣了。

虽然如此，她还是有缺陷的。社会地位，没有她的份；家庭生活，也没有她的份；我们想想，她心里到底有什么感觉？前一项，于她是不甚重要的；后一项，可就缭乱她的衷肠了！史夫人虽常寄信给她，然而她不见信则已，一见了信，那种说不出来的伤感就加增千百倍。

她一想起她的家庭，每要在树林里徘徊，树上的蜩螗<sup>①</sup>常要幻成她女儿的声音对她说："母思儿耶？母思儿耶？"这本不是奇迹，因为发声者无情，听音者有意；她不但对于那些小虫的声音是这样，即如一切的声音和颜色，偶一触着她的感官，便幻成她的家庭了。

她坐在林下，遥望着无涯的波浪，一度一度地掀到岸边，常觉得她的女儿踏着浪花踊跃而来，这也不止一次了。那天，她又坐在那里，手拿着一张佩荷的小照，那是史夫人最近给

---

① 蜩螗：蝉名。

她寄来的。她翻来翻去地看，看得眼昏了。她猛一抬头，又得着常时所现的异象。她看见一个人携着她的女儿从海边上来，穿过林樾，一直走到跟前。那人说："长孙夫人，许久不见，贵体康健啊！领你的女儿来找你哪。"

尚洁此时，展一展眼睛，才理会果然是史先生携着佩荷找她来。她不等回答史先生的话，便上前用力搂住佩荷，她的哭声从她爱心的深密处殷雷似的震发出来。佩荷因为不认得她，害怕起来，也放声哭了一场。史先生不知道感触了什么，也在旁边只尽管擦眼泪。

这三种不同情绪的哭泣止了以后，尚洁就呜咽地问史先生说："我实在喜欢。想不到你会来探望我，更想不到佩荷也能来！"她要问的话很多，一时摸不着头绪。只搂定佩荷，眼看着史先生出神。

史先生很庄重地说："夫人，我给你报好消息来了。"

"好消息！"

"你且镇定一下，等我细细地告诉你。我们一得着这消息，我的妻子就教我和佩荷一同来找你。这奇事，我们以前都不知道，到前十几天才听见我奉真牧师说的。我牧师自那年为你的事卸职后，他的生活，你已经知道了。"

"是，我知道。他不是白天做裁缝匠，晚间还做制饼师吗？我信得过，神必要帮助他，因为神的儿子说：'为义受逼迫的人是有福的。'他的事业还顺利吗？"

"倒没有什么过不去的地方。他不但日夜劳动，在合宜的时候，还到处去传福音哪。他现在不用这样地吃苦，因为他的老教会看他的行为，请他回国仍旧当牧师去，在前一个星期已经动身了。"

"是吗！谢谢神！他必不能长久地受苦。"

"就是因为我牧师回国的事，我才能到这里来。你知道长孙先生也受了他的感化么？这事详细地说起来，倒是一种神迹。我现在来，也是为告诉你这件事。

"前几天，长孙先生忽然到我家里找我。他一向就和我们很生疏，好几年也不过访一次，所以这次的来，教我们很诧异。他第一句就问你的近况如何，且诉说他的懊悔。他说这反悔是忽然的，是我牧师警醒他的。现在我就将他的话，照样地说一遍给你听——

"'在这两三年间，我牧师常来找我谈话，有时也请我到他的面包房里去听他讲道。我和他来往那么些次，就觉得他是我的好师傅。我每有难决的事情或疑虑的问题，都去请教他。我自前年生事，二人分离以后，每疑惑尚洁的操守，又常听见家里佣人思念她的话，心里就十分懊悔。但我总想着，男人说话将军箭，事已做出，哪里还有脸皮收回来？本是打算给它一个错到底的。然而日子越久，我就越觉得不对。到我牧师要走，最末次命我去领教训的时候，讲了一章经，教我很受感动。散会后，他对我说，他盼望我做的是请尚洁官回来。他又念《马可福音》十章给我听，我自得着那教训以后，越觉得我很卑鄙、凶残、淫秽，很对不住她。现在要求你先把佩荷带去见她，盼望她为女儿的缘故赦免我。你们可以先走，我随后也要亲自前往。'

"他说懊悔的话很多，我也不能细说了。等他来时，容他自己对你细说吧。我很奇怪我牧师对于这事，以前一点也没有对我说过，到要走时，才略提一提；反教他来到我那里去，这不是神迹么？"

尚洁听了这一席话，却没有显出特别愉悦的神色，只说："我的行为本不求人知道，也不是为要得人家的怜恤和赞美；人家怎样待我，我就怎样受，从来是不计较的。别人伤害我，我还饶恕，何况是他呢？他知道自己的鲁莽，是一件极可喜的事——你愿意到我屋里去看一看吗？我们一同走走吧。"

他们一面走，一面谈。史先生问起她在这里的事业如何，她不愿意把所经历的种种苦处尽说出来，只说："我来这里，几年的工夫也不算浪费，因为我已找着了许多失掉的珠子了！那些灵性的珠子，自然不如入海去探求那么容易，然而我竟能得着二三十颗。此外，没有什么可以告诉你。"

尚洁把她的事情结束停当，等可望不来，打算要和史先生一同回去。正要到珠船里和她的朋友们告辞，在路上就遇见可望跟着一个本地人从对面来。她认得是可望，就堆着笑容，抢前几步去迎他，说："可望君，平安哪！"可望一见她，也就深深地行了一个敬礼，说："可敬的妇人，我所做的一切事都是伤害我的身体，和你我二人的感情，此后我再不敢了。我知道我多多地得罪你，实在不配再见你的面，盼望你不要把我的过失记在心中。今天来到这里，为的是要表明我悔改的行为，还要请你回去管理一切所有的。你现在要到哪里去呢？我想你可以和史先生先行动身，我随后回来。"

尚洁见他那番诚恳的态度，比起从前，简直是两个人，心里自然满是愉快，且暗自谢她的神在他身上所显的奇迹。她说："呀！往事如梦中之烟，早已在虚幻里消散了，何必重行提起呢？凡人都不可积聚日间的怨恨、怒气和一切伤心的事到夜里，何况是隔了好几年的事？请你把那些事情搁在脑后吧。我本想到船里去，向我那班同工的人辞行。你怎样不和我们一起回去，还有别的事情要办么？史先生现时在他的别业——就是我住的地方——我们一同到那里去罢，待一会，再出来辞行。"

"不必，不必。你可以去你的，我自己去找他就可以。因为我还有些正当的事情要办。恐怕不能和你们一同回去，什么事，以后我才教你知道。"

"那么，你教这土人领你去吧，从这里走不远就是。我先到船里，回头再和你细谈。再见哪！"

她从土华回来，先住在史先生家里，意思是要等可望来到，一同搬回她的旧房子去。谁知等了好几天，也不见他的影。她才知道可望在土华所说的话意有所含蓄。可是他到哪里去呢？去干什么呢？她正想着，史先生拿了一封信进来对她说："夫人，你不必等可望了，明后天就搬回去吧。他寄给我这一封信说，他有许多对不起你的地方，都是出于激烈的爱情所致，因他爱你的缘故，所以伤了你。现在他要把从前邪恶的行为和暴躁的脾气改过来，且要偿还你这几年来所受的苦楚，故不得不暂时离开你。他已经到槟榔屿了。他不直接写信给你的缘故，是怕你伤心，故此写给我，教我好安慰你；他还说从前一切的产业都是你的，他不应独自霸占了许久，要求你尽量地享用，直等到他回来。"

"这样看来，不如你先搬回去，我这里派人去找他回来如何？唉，想不到他一会儿就能悔改到这步田地！"

她遇事本来很沉静，史先生说时，她的颜色从不曾显出什么变态，只说："为爱情么？为爱而离开我么？这是当然的，

缀网劳蛛

爱情本如极利的斧子，用来剥削命运常比用来整理命运的时候多一些。他既然规定他自己的行程，又何必费工夫去寻找他呢？我是没有成见的，事情怎样来，我怎样对付就是。"

尚洁搬回来那天，可巧下了一点雨，好像上天使园里的花木特地沐浴得很妍净来迎接它们的旧主人一样。她进门时，妥娘正在整理厅堂，一见她来，便嚷着："奶奶，你回来了！我们很想念你哪！你的房间乱得很，等我把各样东西安排好再上去。先到花园去看看吧，你手植各样的花木都长大了。后面那棵释迦头长得像罗伞一样，结果也不少，去看看吧。史夫人早和佩荷姑娘来了，她们现时也在园里。"

她和妥娘说了几句话，便到园里。一拐弯，就看见史夫人和佩荷坐在树荫底下一张凳上——那就是几年前，她要被刺那夜，和史夫人坐着谈话的地方。她走来，又和史夫人并肩坐在那里。史夫人说来说去，无非是安慰她的话。她像不信自己这样的命运不甚好，也不信史夫人用定命论的解释来安慰她，就可以使她满足。然而她一时不能说出合宜的话，教史夫人明白她心中毫无忧郁在内。她无意中一抬头，看见佩荷拿着树枝把结在玫瑰花上一个蜘蛛网撩破了一大部分。她注神许久，就想出一个意思来。

她说："呀，我给这个比喻，你就明白我的意思。

"我像蜘蛛，命运就是我的网。蜘蛛把一切有毒无毒的昆虫吃入肚里，回头把网组织起来。它第一次放出来的游丝，不晓得要被风吹到多么远；可是等到粘着别的东西的时候，它的网便成了。

"它不晓得那网什么时候会破，和怎样破法。一旦破了，它还暂时安安然然地藏起来，等有机会再结一个好的。

"它的破网留在树梢上，还不失为一个网。太阳从上头照下来，把各条细丝映成七色；有时粘上少些水珠，更显得灿烂可爱。

"人和他的命运，又何尝不是这样？所有的网都是自己组织得来，或完或缺，只能听其自然罢了。"

史夫人还要说时，妥娘来说屋子已收拾好了，请她们进去看看。于是，她们一面谈，一面离开那里。

园里没人，寂静了许久。方才那只蜘蛛悄悄地从叶底出来，向着网的破裂处，一步一步，慢慢补缀。它补这个干什么？因为它是蜘蛛，不得不如此！

缀网劳蛛

# 无法投递之邮件

## 给诵幼

**不能投递之原因——地址不明，退发信人写明再递。**

诵幼，我许久没见你了。我近来患失眠症。梦魂呢，又常困在躯壳里飞不到你身边，心急得很。但世间事本无容人着急的余地，越着急越不能到，我只得听其自然罢了。你总不来我这里，也许你怪我那天藏起来，没有出来帮你忙的缘故。呀，诵幼，若你因那事怪了我，可就冤枉极了！我在那时，全身已抛在烦恼的海中，自救尚且不暇，何能顾你？今天接定慧的信，说你已经被释放了，我实在欢喜得很！呀，诵幼，此后须更小心和男子相往来。你们女子常说"男子坏的很多"，这话诚然不错。但我以为男子的坏，并非他生来就是如此的，是跟女子学来的。诵幼，我说这话，请你不要怪我。你的事且不提，我拿文锦的事来说吧。他对于尚素本来是很诚实的，但尚素要将她和文锦的交情变为更亲密的交情，故不得不胡乱献些殷勤。呀，女人的殷勤，就是使男子变坏的砒石哟！我并不是说女子对于男子要很森严、冷酷，像怀霄待人一样，不过说没有智慧的殷勤是危险的吧了。

我盼望你今后的景况像湖心的白鸪一样。

# 给贞蕤

**不能投递之原因——此人已离广州。**

自走马营一别，至今未得你的消息。知道你的生活和行脚僧一样，所以没有破旅愁的书信给你念。昨天从秔香处听见你的近况，且知道你现在住在这里，不由得我不写这几句话给你。

我的朋友，你想北极的冰洋上能够长出花菖蒲，或开得像尼罗河边的王莲来么？我劝你就回家去吧。放着你清凉而恬淡的生活不享，飘零着找那不知心的"知心人"，为何自找这等刑罚？纵说是你当时得罪了他，要找着他向他谢罪，可是罪过你已认了，那温润不挠、如玉一般的情好岂能弥补得毫无瑕疵？

我的朋友，我常想着我曾用过一管笔，有一天无意中把笔尖误烧了，（因为我要学篆书，听人说烧尖了好写），就不能再用它。但我很爱那笔，用尽许多法子，也补救不来；就是拿去找笔匠，也不能出什么主意，只是教我再换过一管罢了。我对于那天天接触的小宝贝，虽舍不得扔掉，也不能不把它藏在笔囊里。人情虽不能像这样换法，然而，我们若在

缀网劳蛛

不能换之中，姑且当做能换，也就安慰多了。你有心牺牲你
的命运，他却无意成就你的愿望，你又何必！我劝你早一点
回去罢，看你年少的容貌或逃镜影中，在你背后的黑影快要
闯入你的身里，把你青春一切活泼的风度赶走，把你光艳的
躯壳夺去了。

我再三叮咛你，不知心的"知心人"，纵然找着了，只是
加增懊恼，毫无用处的。

# 给小峦

**不能投递之原因——此人已入疯人院。**

绿绮湖边的夜谈，是我们所不能忘掉的。但是，小峦，
我要告诉你，迷生决不能和我一样，常常惦念着你，因为他
的心多用在那恋爱的遗骸上头。你不是教我探究他的意思吗？
我昨天一早到他那里去，在一件事情上，使我理会他还是一
个爱的坟墓的守护者。若是你愿意听这段故事，我就可以告
诉你。

我一进门时，他垂着头好像很悲伤的样子，便问："迷生，
你又想什么来？"他叹了一声才说："她织给我的领带坏了！
我身边再也没有她的遗物了！人丢了，她的东西也要陆续地
跟着她走，真是难解！"我说："是的，太阳也有破坏的日子，
何况一件小小东西，你不许它坏，成么？"

"为什么不成。若是我不用它，就可以保全它，然而我怎
能不用？我一用她给我留下的器用，就借那些东西要和她交

通，且要得着无量安慰。"他低垂的视线牵着手里的旧领带，接着说："唉，现在她的手泽都完了！"

小峦，你想他这样还能把你惦记在心里么？你太轻于自信了。我不是使你失望，我很了解他，也了解你，你们固然是亲戚，但我要提醒除你疏淡的友谊外，不要多走一步。因为，凡最终的地方，都是在对岸那很高、很远、很暗，且不能用平常的舟车达到的。你和迷生的事，据我现在的观察，纵使蜘蛛的丝能够织成帆，蜣螂的甲能够装成船，也不能渡你过第一步要过的心意的沪洋。你不要再发痴了，还是回向莲台，拜你那低头不语的偶像好。你常说我给麻醉剂你服，不错的！若是我给一毫一厘的兴奋剂你服，恐怕你要起不来了。

# 答劳云

**不能投递之原因——劳云已投金光明寺，在岭上，不能递。**

中夜起来，月还在座，渴鼠蹑上桌子偷我笔洗里的墨水喝，我一下床它就吓跑了。它惊醒我，我吓跑它，也是公道的事情。到窗边坐下，且不点灯，回想去年此夜，我们正在了因的园里共谈，你说我们在万本芭蕉底下直像草根底下斗鸣的小虫。唉，今夜那园里的小虫必还在草根底下叫着，然而我们呢？本要独自出去一走，争奈院里鬼影历乱，又没有侣伴，只得作罢了。睡不着，偏想茶喝，到后房去，见我的小丫头被慵睡锁得很牢固，不好解放她，喝茶的念头，也得

缀网劳蛛

作罢了。回到窗边坐下，摩摩窗棂，无意摩着你前月的信，就仗着月灯再念了一遍。可幸你的字比我写得还要粗大，念时尚不费劲。在这时候，只好给你写这封回信。

劳云，我对了因所说，哪得天下荒山，重叠围合，做个大监牢——野兽当逻卒，古树作栅栏，烟云拟桎梏，茑萝为索链，——闲散地囚禁你这流动人愁怀的诗犯？不想你真要自首去了！去也好，但我只怕你一去到那里便成诗境，不是诗牢了。

你问我为什么叫你做诗犯，我自己也不知其所以然。我觉得你的诗虽然很好，可是你心里所有的和手里写出来的总不能适合，不如把笔摔掉，到那只许你心儿领会的诗牢去更妙。遍世间尽是诗境，所以诗人易做。诗人无论遇着什么，总不肯静嘿着，非发出些愁苦的诗不可，真是难解。譬如今夜夜色，若你在时，必要把院里所有的调戏一番，非教它们都哭了，你不甘心。这便是你的过犯了。所以我要叫你做诗犯，很盼望你做个诗犯。

一手按着手电灯，一手写字，很容易乏，不写了。今夜起来，本不是为给你写回信，然而在不知不觉中，就误了我半小时，不能和我那个"月"默谈。这又是你的罪过！

院里的虫声直如鬼哭，听得我毛发尽竦。还是埋头枕底，让那只小鼠畅饮一场吧。

# 给琰光

**不能投递之原因——琰光南归就婚，嘱所有男友来书均**

退回。

你在我心中始终是一个生面人，彼此间再也不能有什么微妙深沉的认识了。这也是难怪的。白孔雀和白熊虽是一样清白，而性情的冷暖各不相同，故所住的地方也不相同。我看出来了！你是白熊，只宜徘徊于古冰峥嵘的岩壑间，当然不能与我这白孔雀一同飞翔于缨藤缕缕、繁花树树的森林里。可惜我从前对你所有意绪，到今日落得寸断毫分，流离到踪迹都无。我终恨我不是创作者呀！怎么连这刹那等速的情爱时间也做不来？

我热极了，躺在病床上，只是同冰作伴。你的情愫也和冰一样，我愈热，你愈融，结果只使我戴着一头冷水。就是在手中的，也消融尽了。人间第一痛苦就是无情的人偏会装出多情的模样，有情的倒是缄口束手，无所表示！启芳说我是泛爱者，劳生说我是兼爱者，但我自己却以为我是困爱者。我实对你说，我自己实不敢作，也不能作爱恋业，为困于爱，故镇日颠倒于这甜苦的重围中，不能自行救度。爱的沉沦是一切救主所不能救的。爱的迷蒙是一切"天人师"所不能训诲开示的。爱的刚愎是一切"调御丈夫"所不能降伏的。

病中总希望你来看看我，不想你影儿不露，连信也不来！似游丝的情绪只得因着记忆的风挂搭在西园西篱，晚霞现处。那里站着我儿时曾爱，现在犹爱的邕。她是我这一生第一个女伴，二十四年的别离，我已成年，而心像中的邕还是两股小辫垂在绿衫儿上。毕竟是别离好呵！别离的人总不会老的，你不来也就罢了，因为我更喜欢在旧梦中寻找你。

缀网劳蛛

你去年对我说那句话，这四百日中，我未尝忘掉要给你一个解答。你说爱是你的，你要予便予，要夺便夺。又说要得你的爱须付代价。咦，你老脱不掉女人的骄傲！无论是谁，都不能有自己的爱，你未生以前，爱恋早已存在，不过你偷了些少来眩惑人罢了。你到底是个爱的小窃，同时是个爱的典质者。你何尝花了一丝一忽的财宝，或费了一言一动的劳力去索取爱恋，你就想便宜得来，高贵地售出？人间第二痛苦就是出无等的代价去买不用劳力得来的爱恋。我实在告诉你，要代价的爱情，我买不起。

焦把纸笔拿到床边，迫着我写信给你，不得已才写了这一套话。我心里告诉我说，从诚实心表见出来的言语，永不至于得罪人，所以我想上头所说的不会动你的怒。

# 给憬然三姑

**不能投递之原因——本宅并无"三姑"称谓。**

我来找你，并不是不知道你已嫁了，怎么你总不敢出来和我叙叙旧话？我一定要认识你的"天"以后才可以见你么？三千里的海山，十二年的隔绝，此间：每年、每月、每个时辰、每一念中都盼着要再会你。一踏入你的大门，我心便摆得如秋千一般，几乎把心房上的大脉震断了。谁知坐了半天，你总不出来！好容易见你出来，客气话说了，又坐我背后。那时许多人要与我谈话，我怎好意思回过脸去向着你？

合卺酒是女人的懵兜汤，一喝便把儿女旧事都忘了，所以你一见了我，只似曾相识，似不相识，似怕人知道我们曾相识，两意三心，把旧时的好话都撇在一边。

那一年的深秋，我们同在昌华小榭赏残荷。我的手误触在竹栏边的仙人掌上，竟至流血不止。你从你的镜囊取出些粉纸，又拔两根你香柔而黑甜的头发，为我裹缠伤处。你记得那时所说的话么？你说："这头发虽然不如弦的韧，用来缠伤，足能使得，就是用来系爱人的爱也未必不能胜任。"你含羞说出的话真果把我心系住，可是你的记忆早与我的伤痕一同丧失了。

又是一年的秋天，我们同在屋顶放一只心形纸鸢。你扶着我的肩膀看我把线放尽了。纸鸢腾得很高，因为风力过大，扯得线儿欲断不断。你记得你那时所说的话么？你说："这也不是'红线'，容它断了吧。"我说："你想我舍得把我偷闲做成底'心'放弃掉么？纵然没有红线，也不能容它流落。"你说："放掉假心，还有真心呢。"你从我手里把白线夺过去，一撒手，纸鸢便翻了无数的筋斗，带着堕线飞去，挂在皇觉寺塔顶。那破心的纤维也许还存在塔上，可是你的记忆早与当时的风一样地不能追寻了。

有一次，我们在流花桥上听鹧鸪，你的白袜子给道旁的曼陀罗花汁染污了。我要你脱下来，让我替你洗净。你记得当时你说什么来？你说："你不怕人笑话么，——岂有男子给女人洗袜子的道理？你忘了我方才用栀子花蒂在你掌上写了我的名字么？一到水里，可不把我的名字从你手心洗掉，你怎舍得？"唉，现在你的记忆也和写在我掌上的名字一同消灭了！

缀网劳蛛

真是！合卺酒是女人懵兜汤，一喝便把儿女旧事都忘了。但一切往事在我心中都如残机的线，线线都相连着，一时还不能断尽。我知道你现在很快活，因为有了许多子女在你膝下。我一想起你，也是和你对着儿女时一样地喜欢。

## 给爽君夫妇

### 不能投递之原因——爽君逃了，不知去向。

你的问题，实在是时代问题，我不是先知，也不能决定说出其中的秘奥。但我可以把几位朋友所说的话介绍给你知道，你定然要很乐意地念一念。

我有一位朋友说："要双方发生误解，才有爱情。"他的意思以为相互的误解是爱情的基础。若有一方面了解，一方面误解，爱也无从悬挂的。若两方面都互相了解，只能发生更好的友谊罢了。爱情的发生，因为我不知道你是怎么一回事，你不知道我是怎么一回事。若彼此都知道很透彻，那时便是爱情的老死期到了。

又有一位朋友说："爱情是彼此的帮助：凡事不顾自己，只顾人。"这句话，据我看来，未免广泛一点。我想你也知道其中不尽然的地方。

又有一位朋友说："能够把自己的人格忘了，去求两方更高的共同人格便是爱情。"他以为爱情是无我相的，有"我"的执着不能爱，所以要把人格丢掉；然而人格在人间生活的期间内是不能抛弃的，为这缘故，就不能不再找一个比自己人格更高尚的东西。他说这要找的便是共同人格。两方因为再找一个共同人格，在某一点上相遇了，便连合起来成为爱情。

此外有许多陈腐而很新鲜的论调我也不多说了。总之，爱情是非常神秘，而且是一个人一样的。近时的作家每要夸炫说："我是不写爱情小说，不做爱情诗的。"介绍一个作家，也要说："他是不写爱情的文艺的。"我想这就是我们不能了解爱情本体的原因。爱情就是生活，若是一个作家不会描写，或不敢描写，他便不配写其余的文艺。

我自信我是有情人，虽不能知道爱情的神秘，却愿多多地描写爱情生活。我立愿尽此生，能写一篇爱情生活，便写一篇；能写十篇，便写十篇；能写百、千、亿、万篇，便写百、千、亿、万篇。立这志愿，为的是安慰一般互相误解、不明白的人。你能不骂我是爱情牢狱的广告人么？

这信写来答覆爽君。亦雄也可同念。

# 覆诵幼

**不能投递之原因——该处并无此人。**

"是神造宇宙、造人间、造人、造爱；还是爱造人、造人间、造宇宙、造神？"这实与"是男生女，是女生男"的旧谜一般难决。我总想着人能造的少，而能破的多。同时，这一方面是造，那一方面便是破。世间本没有"无限"。你破璞来造你的玉簪，破贝来造你的珠珥，破木为梁，破石为墙，破蚕、绵、麻、麦、牛、羊、鱼、鳖的生命来造你的日用饮

缀网劳蛛

食，乃至破五金来造货币、枪弹，以残害同类、异种的生命。这都是破造双成的。要生活就得破。就是你现在的"室家之乐"也从破得来。你破人家亲子之爱来造成的配偶，又何尝不是破？破是不坏的，不过现代的人还找不出破坏量少而建造量多的一个好方法罢了。

你问我和她的情谊破了不，我要诚实地回答你说：诚然，我们的情谊已经碎为流尘，再也不能复原了；但在清夜中，旧谊的鬼灵曾一度蹑到我记忆的仓库里，悄悄把我伐情的斧——怨恨——拿走。我揭开被褥起来，待要追它，它已乘着我眼中的毛轮飞去了。这不易寻觅的鬼灵只留它的踪迹在我书架上。原来那是伊人的文件！我伸伸腰，揉着眼，取下来念了又念，伊人的冷面复次显现了。旧的情谊又从字里行间复活起来。相怨后的复和，总解不通从前是怎么一回事，也诉不出其中的甘苦。心面上的青紫惟有用泪洗濯而已。有涩泪可流的人还算不得是悲哀者。所以我还能把壁上的琵琶抱下来弹弹，一破清夜的岑寂。你想我对着这归来的旧好必要弹些高兴的调子。可是我那夜弹来弹去只是一阕《长相忆》，总弹不出《好事》！这奈何，奈何？我理会从记忆的坟里复现的旧谊，多年总有些分别。但玉在她的信里附着几句短词嘲我说：

> 噫，说到相怨总是表面事，
> 心里的好人儿仍是旧相识。
> 是爱是憎本容不得你做主，
> 你到底是个爱恋的奴隶！

她所嘲于我的未免太过。然而那夜的境遇实是我破从前一切情愫所建造的。此后，纵然表面上极淡的交谊也没有，而我们心心的理会仍可以来去自如。

你说爱是神所造，劝我不要拒绝，我本没有拒绝，然而憎也是神所造，我又怎能不承纳呢？我心本如香水海，只任轻浮的慈惠船载着喜爱的花果在上面游荡。至于满载痴石喷火的簰筏，终要因它的危险和沉重而消没净尽，焚毁净尽。爱憎既不由我自主，那破造更无消说了。因破而造，因造而破，缘因更迭，你哪能说这是好，那是坏？至于我的心迹连我自己也不知道，你又怎能名其奥妙？人到无求，心自清宁，那时既无所造作，亦无所破坏。我只觉我心还有多少欲念除不掉，自当勇敢地破灭它至于无余。

你，女人，不要和我讲哲学。我不懂哲学。我劝你也不要希望你脑中有百"论"、千"说"、亿万"主义"，那由他"派别"，辩来论去，逃不出鸡子方圆的争执。纵使你能证出鸡子是方的，又将如何？你还是给我讲讲音乐好。近来造了一阕《暖云烘寒月》琵琶谱，顺抄一份寄给你。这也是破了许多工夫造得来的。

# 覆真龄

**不能投递之原因——真龄去国，未留住址。**

自与那人相怨后，更觉此生不乐。不过旧时的爱好，如洁白的寒鹭，三两时间飞来歇在我心中泥泞的枯塘之岸，有

缀网劳蛛

时漫涉到将干未干的水中央，还能使那寂静的平面随着她的步履起些微波。

唉，爱姐姐和病弟弟总是孪生的呵！我已经百夜没睡了。我常说，我的爱如香冽的酒，已经被人饮尽了，我哀伤的金罍里只剩些残冰的融液，既不能醉人，又足以冻我齿牙。你试想，一个百夜不眠的人，若渴到极地，就禁得冷饮么？

"为爱恋而去的人终要循着心境的爱迹归来，"我老是这样地颠倒梦想。但两人之中，谁是为爱恋先走开的？我说那人，那人说我。谁也不肯循着谁的爱迹归来。这委是一件胡卢事！玉为这事也和你一样写信来呵责我，她真和她眼中的瞳子一样，不用镜子就映不着自己。所以我给她寄一面小镜去。她说："女人总是要人爱的"，难道男子就不是要人爱的？她当初和球一自相怨后，也是一样蒙起各人的面具，相逢直如不识。他们两个复和，还是我的工夫，我且写给你看。

那天，我知道球要到帝室之林去赏秋叶，就怂恿她与我同去。我远地看见球从溪边走来，借故撇开她，留她在一棵枫树底下坐着，自己藏在一边静观。人在落叶上走是秘不得底。球的足音，谅她听得着。球走近树边二丈相离的地方也就不往前进了。他也在一根横卧的树根上坐下，拾起枯枝只顾挥拨地上的败叶。她偷偷地看球，不做声，也不到那边去。球的双眼有时也从假意低着的头斜斜地望她。他一望，玉又假做看别的了。谁也不愿意表明谁看着谁来。你知道这是很平常的事。由爱至怨，由怨至于假不相识，由假不相识也许能回到原来的有情境地。我见如此，故意走回来，向她说："球在那边哪！"她回答："看见了。"你想这话若多两个字

"钦此"，岂不成这娘娘的懿旨？我又大声嚷球。他的回答也是一样地庄严，几乎带上"钦此"二字。我跑去把球揪来。对他们说："你们彼此相对道道歉，如何？"到底是男子容易劝。球到她跟前说："我也不知道怎样得罪你。他迫着我向你道歉，我就向你道歉吧。"她望着球，心里愉悦之情早破了她的双颊冲出来。她说："人为什么不能自主到这步田地？连道个歉也要朋友迫着来。"好了。他们重新说起话来了！

她是要男子爱的，所以我能给她办这事。我是要女人爱的，故毋需去瞅睬那人，我在情谊的道上非常诚实，也没有变动，是人先离开的。谁离开，谁得循着自己心境的爱迹归来。我哪能长出千万翅膀飞入苍茫里去找她？再者，他们是醉于爱的人，故能一说再合。我又无爱可醉，犯不着去讨当头一棒的冷话。您想是不是？

# 给怀霄

**不能投递之原因——此信遗在道旁，由陈斋夫拾回。**

好几次写信给你都从火炉里捎去。我希望当你看见从我信笺上出来那几缕烟在空中飘扬的时候，我的意见也能同时印入你的网膜。

怀霄，我不愿意写信给你的缘故，因为你只当我是有情的人，不当我是有趣的人。我常对人说，你是可爱的，不过你游戏天地的心比什么都强，人还够不上爱你。朋友们都说我爱你，连你也是这样想，真是怪事！你想男女得先定其必

缀网劳蛛

能相爱，然后互相往来么？好人甚多，怎能个个爱恋他？不过这样的成见不止你有，我很可以原谅你。我的朋友，在爱的田园中，当然免不了三风四雨。从来没有不变化的天气能教一切花果开得斑斓，结得磊砢的。你连种子还没下，就想得着果实，便是办不到的。我告诉你，真能下雨的云是一声也不响的。不掉点儿的密云，雷电反发射得弥满天地。所以人家的话，不一定就是事实，请你放心。

男子愿意做女人的好伴侣、好朋友，可不愿意当她们的奴才，供她们使令。他愿意帮助她们，可不喜欢奉承谄媚她们，男子就是男子，媚是女人的事。你若把"女王""女神"的尊号暂时收在镜囊里，一定要得着许多能帮助你的朋友。我知道你的性地很冷酷，你不但不愿意得几位新的好友，或极疏淡的学问之交，连旧的你也要一个一个弃绝掉。嫁了的女朋友，和做了官的男相识，都是不念旧好的。与他们见面时，常竟如路人。你还未嫁，还未做官，不该施行那样的事情。我不是呵责你，也不是生气，——就使你侮辱我到极点，我也不生气。我不过尽我的情劝告你罢了。说到劝告，也是不得已的。这封信也是在万不得已的境遇底下写的。写完了，我还是盼望你收不到。


# 覆少觉

**不能投递之原因——受信人地址为墨所污，无法投递。**


同年的老弟：我知道怀书多病，故月来未尝发信问候，恐惹起她的悲怨。她自说："我有心事万缕，总不愿写出、说出；到无可奈何时节，只得由它化作血丝飘出来。"所以她也不写信告诉我她到底是害什么病。我想她现时正躺在病榻上呢。

唉，怀书的病是难以治好的。一个人最怕有"理想"。理想不但能使人病，且能使人放弃他的性命。她甚至抱着理想的理想，怎能不每日病透二十四小时？她常对我说："有而不完全，宁可不有。"你想"完全"真能在人间

找得出来的么？就是遍游亿万尘沙世界，经过庄严劫，贤劫，星宿劫，也找不着呀！不完全的世界怎能有完全的人？她自己也不完全，怎配想得一个完全的男子？纵使世间真有一个完全的男子，与她理想的理想一样，那男子对她未必就能起敬爱。罢了！这又是一种渴鹿趋阳焰的事，即令他有千万蹄，每蹄各具千万翅膀，飞跑到旷野尽处，也不能得点滴的水；何况她还盼望得到绿洲做她的憩息饮食处？朋友们说她是"愚拙的聪明人"，诚然！她真是一个万事伶俐，一时懵懂的女人。她总没想到"完全"是由妖魔画空而成，本来无东西，何能捉得住？多才、多艺、多色、多意想的人最容易犯理想病。因为有了这些，魔便乘隙于她心中画等等极乐；饰等等庄严；造等等偶像；使她这本来辛苦的身心更受造作安乐的刑罚。这刑罚，除了世人以为愚拙的人以外，谁也不能免掉。如果她知道这是魔的诡计，她就泅近解脱的岸边了。"理想"和毒花一样，眼看是美，却拿不得。三家村女也知道开美丽的花的多是毒草，总不敢取来做肴馔，可见真正聪明的人还数不到她。自求辛螫的人除用自己的泪来调反省的药

饵以外，再没有别样灵方。医生说她外表似冷，内里却中了很深的繁花毒。由毒生热恼，恼极成劳，故呕心有血。我早知她的病原在此，只恨没有神变威力，幻作大白香象，到阿耨达池去，吸取些清凉水来与她灌顶，使她表里俱冷。虽然如此，我还尽力向她劝说：希望她自己能调伏她理想的热毒。我写到这里，接朋友的信说她病得很凶，我得赶紧去看看她。

# 海世间

　　我们的人间只有在想象或淡梦中能够实现罢了。一离了人造的海上社会，心里便想到此后我们要脱离等等社会律的桎梏，来享受那乐行忧违的潜龙生活。谁知道一上船，那人造人间所存的受、想、行、识，都跟着我们入了这自然的海洋！这些东西，比我们的行李还多，把这一万二千吨的小船压得两边摇荡。同行的人也知道船载得过重，要想一个好方法，教它的负担减轻一点，但谁能有出众的慧思呢？想来想去，只有吐些出来，此外更无何等妙计。

　　这方法虽是很平常，然而船却轻省得多了。这船原是要到新世界去的哟，可是新世界未必就是自然的人间。在水程中，虽然把衣服脱掉了，跳入海里去学大鱼的游泳，也未必是自然。要是闭眼闷坐着，还可以有一点勉强的自在。

　　船离陆地远了，一切远山疏树尽化行云。割不断的轻烟，缕缕丝丝从烟囱里舒放出来，慢慢地往后延展。故国里，想是有人把这烟揪住罢。不然就是我们之中有些人的离情凝结

缀网劳蛛

了，乘着轻烟家去。

呀！他的魂也随着轻烟飞去了！轻烟载不起他，把他摔下来。堕落的人连浪花也要欺负他，将那如弹的水珠一颗颗射在他身上。他几度随着波涛浮沉，气力有点不足，眼看要沉没了，幸而得文鳐的哀怜，展开了帆鳍搭救他。

文鳐说："你这人太笨了，热火燃尽的冷灰，岂能载得你这焰红的情怀？我知道你们船中定有许多多情的人儿，动了乡思。我们一队队跟船走，又飞又泳，指望能为你们服劳，不料你们反拍着掌笑我们，驱逐我们。"

他说："你的话我们怎能懂得呢？人造的人间的人，只能懂得人造的语言罢了。"

文鳐摇着他口边那两根短须，装作很老成的样子，说："是谁给你分别的，什么叫人造人间，什么叫自然人间？只有你心里妄生差别便了。我们只有海世间和陆世间的分别，陆世间想你是经历惯的；至于海世间，你只能从想象中理会一点。你们想海里也有女神，五官六感都和你们一样。戴的什么珊瑚、珠贝，披的什么鲛纱、昆布。其实这些东西，在我们这里并非稀奇难得的宝贝。而且一说人的形态便不是神了。我们没有什么神，只有这蔚蓝的盐水是我们生命的根源。可是我们生命所从出的水，于你们反有害处。海水能夺去你们的生命。若说海里有神，你应当崇拜水，毋需再造其他的偶像。"

他听得呆了，双手扶着文鳐的帆鳍，请求他领他到海世间去。文鳐笑了，说："我明说水中你是生活不得的。你不怕丢了你的生命么？"

他说："下去一分时间，想是无妨的。我常想着海神的清洁、温柔、娴雅等等美德；又想着海底的花园有许多我不曾见过的生物和景色，恨不得有人领我下去一游。"

文鳐说："没有什么，没有什么，不过是咸而冷的水罢了，海的美丽就是这么简单——冷而咸。你一眼就可以望见了。何必我领你呢？凡美丽的事物，都是这么简单的。你要求它多么繁复、热烈，那就不对了。海世间的生活，你是受不惯的，不如送你回船上去罢。"

那鱼一振鳍，早离了波阜，飞到舷边。他还舍不得回到这真是人造的陆世界来，眼巴巴只怅望着天涯，不信海就是方才所听情况。从他想象里，试要构造些海底世界的光景。他的海中景物真个实现在他梦想中了。

# 海角的孤星

　　一走近舷边看浪花怒放的时候，便想起我有一个朋友曾从这样的花丛中隐藏他的形骸。这个印象，就是到世界的末日，我也忘不掉。

　　这桩事情离现在已经十年了。然而他在我的记忆里却不像那么久远。他是和我一同出海的。新婚的妻子和他同行，他很穷，自己买不起头等舱位。但因新人不惯行旅的缘故，他乐意把平生的蓄积尽量地倾泻出来，为他妻子订了一间头等舱。他在那头等船票的佣人格上填了自己的名字，为的要省些资财。

　　他在船上哪里像个新郎，简直是妻的奴隶！旁人的议论，他总是不理会的。他没有什么朋友，也不愿意在船上认识什么朋友，因为他觉得同舟中只有一个人配和他说话。这冷僻的情形，凡是带着妻子出门的人都是如此，何况他是个新婚者？

　　船向着赤道走，他们的热爱，也随着增长了。东方人的恋爱本带着几分爆发性，纵然遇着冷气，也不容易收缩，他们要去的地方是槟榔屿附近一个新辟的小埠。下了海船，改乘小舟进去。小河边满是椰子、棕枣和树胶林。轻舟载着一对新人在这神秘的绿荫底下经过，赤道下的阳光又送了他们许多热情、热觉、热血汗。他们更觉得身外无人。

他对新人说："这样深茂的林中，正合我们幸运的居处。我愿意和你永远住在这里。"

新人说："这绿得不见天日的林中，只作浪人的坟墓罢了……"

他赶快截住说："你老是要说不吉利的话！然而在新婚期间，所有不吉利的语言都要变成吉利的。你没念过书，哪里知道这林中的树木所代表的意思。书里说'椰子是得子息的徽识树'，因为椰子就是'迓子'。棕枣是表明爱与和平。树胶要把我们的身体粘得非常牢固，至于分不开。你看我们在这林中，好像双星悬在鸿蒙的穹苍下一般。双星有时被雷电吓得躲藏起来，而我们常要闻见许多歌禽的妙音和无量野花的香味。算来我们比双星还快活多了。"

新人笑说："你们念书人的能干只会在女人面前搬唇弄舌罢；好听极了！听你的话语，也可以不用那发妙音的鸟儿了，有了别的声音，倒嫌噪杂咧！……可是，我的人哪，设使我一旦死掉，你要怎办呢？"

这一问，真个是平地起雷咧！但不晓得新婚的人何以常要发出这样的问。不错的，死的恐怖，本是和快乐的愿望一齐来的呀。他的眉不由得不皱起来了，酸楚的心却拥出一副笑脸，说："那么，我也可以做个孤星。"

缀网劳蛛

"咦，恐怕孤不了罢。"

"那么，我随着你去，如何？"他不忍看着他的新人，掉头出去向着流水，两行热泪滴下来，正和船头激成的水珠结合起来。新人见他如此，自然要后悔，但也不能对她丈夫忏悔，因为这种悲哀的霉菌，众生都曾由母亲的胎里传染下来，谁也没法医治的。她只能说："得啦，又伤心什么？你不是说我们在这时间里，凡有不吉利的话语，都是吉利的么？你何不当作一种吉利话听？"她笑着，举起丈夫的手，用他的袖口，帮助他擦眼泪。

他急得把妻子的手摔开说："我自己会擦。我的悲哀不是你所能擦，更不是你用我的手所能灭掉的，你容我哭一会罢。我自己知道很穷，将要养不起你，所以你……"

妻子忙煞了，急掩着他的口，说："你又来了。谁有这样的心思？你要哭，哭你的，不许再往下说了。"

这对相对无言的新夫妇，在沉默中随着流水湾行，一直驶入林荫深处。自然他们此后定要享受些安泰的生活。然而在那邮件难通的林中，我们何从知道他们的光景？

三年的工夫，一点消息也没有！我以为他们已在林中做了人外的人，也就渐渐把他们忘了。这时，我的旅期已到，买舟从槟榔屿回来。在二等舱上，我遇见一位很熟的旅客。我左右思量，总想不起他的名姓，幸而他还认识我，他一见我便叫我说："落君，我又和你同船回国了！你还记得我吗？我想我病得这样难看，你决不能想起我是谁。"他说我想不起，我倒想起来了。

我很惊讶，因为他实在是病得很厉害了。我看见他妻子不在身边，只有一个咿哑学舌的小婴孩躺在床上。不用问，也可断定那是他的子息。

他倒把别来的情形给我说了。他说："自从我们到那里，她就病起来。第二年，她生下这个女孩，就病得更厉害了。唉，幸运只许你空想的！你看她没有和我一同回来，就知道我现在确是成为孤星了。"

我看他憔悴的病容。委实不敢往下动问，但他好像很有精神，愿意把一切的情节都说给我听似的。他说话时，小孩子老不容他畅快地说。没有母亲的孩子，格外爱哭，他又不得不抚慰她。因此，我也不愿意扰他，只说："另日你精神清爽的时候，我再来和你谈罢。"我说完，就走出来。

那晚上，经过马来海峡，船震荡得很。满船的人，多犯了"海病"。第二天，浪平了。我见管舱的侍者，手忙脚乱地拿着一个麻袋，往他的舱里进去。一问，才知道他已经死了，侍者把他的尸洗净，用细台布裹好，拿了些废铁、几块煤炭，一同放入袋里，缝起来。他的小女儿还不知这是怎么一回事，只咿哑地说了一两句不相干的话。她会叫"爸爸"、"我要你抱"、"我要那个"等等简单的话。在这时，人们也没工夫理会她、调戏她了，她只独自说自己的。

黄昏一到，他的丧礼，也要预备举行了。侍者把麻袋拿到船后的舷边。烧了些楮钱，口中不晓得念了些什么，念完就把麻袋推入水里。那时船的推进机停了一会，隆隆之声一时也静默了。船中知道这事的人都远远站着看，虽和他没有什么情谊，然而在那时候却不免起敬的。这不是从友谊来的恭敬，本是非常难得，他竟然承受了！

缀网劳蛛

他的海葬礼行过以后，就有许多人谈到他生平的历史和境遇。我也钻入队里去听人家怎样说他。有些人说他妻子怎样好，怎样可爱。他的病完全是因为他妻子的死，积哀所致的。照他的话，他妻子葬在万绿丛中，他却葬在不可测量的碧晶岩里了。

旁边有个印度人，拈着他那一大缕红胡子，笑着说：“女人就是悲哀的萌蘖，谁叫他如此？我们要避掉悲哀，非先避掉女人的纠缠不可。我们常要把小女儿献给殑迦河神，一来可以得着神惠，二来省得她长大了，又成为一个使人悲哀的恶魔。”

我摇头说：“这只有你们印度人办得到罢了。我们可不愿意这样办。诚然，女人是悲哀的萌蘖，可是我们宁愿悲哀和她同来，也不能不要她。我们宁愿她嫁了才死，虽然使她丈夫悲哀至于死亡，也是好的。要知道丧妻的悲哀是极神圣的悲哀。”

日落了，蔚蓝的天多半被淡薄的晚云涂成灰白色。在云缝中，隐约露出一两颗星星。金星从东边的海涯升起来，由薄云里射出它的光辉。小女孩还和平时一样，不懂得什么是可悲的事。她只顾抱住一个客人的腿，绵软的小手指着空外的金星，说：“星！我要那个！”她那副嬉笑的面庞，迥不像个孤儿。

# 醍醐天女

　　相传乐斯迷是从醍醐海升起来的。她是爱神的母亲，是保护世间的大神卫世奴的妻子。印度人一谈到她，便发出非常的钦赞。她的化身依婆罗门人的想象，是不可用算数语言表出的。人想她的存在是遍一切处，遍一切时；然而我生在世间的年纪也不算少了，怎样老见不着她的影儿？我在印度洋上曾将这个疑问向一两个印度朋友说过。他们都笑我没有智慧，在这有情世间活着，还不能辨出人和神的性格来。准陀罗是和我同舟的人，当时他也没有对我说什么，只管凝神向着天际那现吉祥相的海云。

　　那晚上，他教我和他到舵上的轮机旁边。我们的眼睛都望下看着推进机激成的白浪。准陀罗说："那么大的洋海，只有这几尺地方，像醍醐海的颜色。"这话又触动我对于乐斯迷的疑问。他本是很喜欢讲故事的，所以我就央求他说一点乐斯迷的故事给我听。

　　他对着苍茫的洋海，很高兴地发言。"这是我自己的母

缀网劳蛛

亲！"在很庄严的言语中，又显出他有资格做个女神的儿子。我倒诧异起来了。他说："你很以为稀奇么？我给你解释吧。"

我静坐着，听这位自以为乐斯迷儿子的朋友说他父母的故事。

我的家在旁遮普和迦湿弥罗交界地方。那里有很畅茂的森林。我母亲自十三岁就嫁了。那时我父亲不过是十四岁。她每天要同我父亲跑入森林里去，因为她喜欢那些参天的树木，和不羁的野鸟和昆虫的歌舞。他们实在是那森林的心。他们常进去玩，所以树林里的禽兽都和他们很熟悉，鹦鹉衔着果子要吃，一见他们来，立刻放下，发出和悦的声问他们好。孔雀也是如此，常在林中展开他们的尾扇，欢迎他们。小鹿和大象有时嚼着食品走近跟前让他们抚摩。

树林里的路，多半是我父母开的。他们喜欢做开辟道路的人。每逢一条旧路走熟了，他们就想把路边的藤萝荆棘扫除掉，另开一条新路进去。在没有路或不是的底树林里走着，本是非常危险的。他们冒得险多，危险真个教他们遇着了。

我父亲拿着木棍，一面拨，一面往前走；母亲也在后头跟着。他们从一棵满了气根的榕树底下穿过去。乱草中流出一条小溪，水浅而清，可是很急。父亲喊着"看看"，他扶着木棍对母亲说："真想不到这里头有那么清的流水。我们坐一会玩玩。"

于是他们二人摘了两扇棕榈叶，铺在水边，坐下，四只脚插入水中，任那活流洗濯。

父亲是一时也静不得的。他在不言中，涉过小溪，试要探那边的新地。母亲是女人，比较起来，总软弱一点。有时父亲往前走了很远，她还在歇着，喘不过气来。所以父亲在前头走得多么远，她总不介意。她在叶上坐了许久，只等父亲回来叫她，但天色越来越晚，总不见他来。

催夕阳西下的鸟歌、兽吼，一阵阵地兴起了，母亲慌慌张张涉过水去找父亲。她从藤萝的断处，丛莽的倾倒处或林樾的婆娑处找寻，在万绿底下，黑暗格外来得快。这时，只剩下几点萤火和叶外的霞光照顾着这位森林的女人。她的身体虽然弱，她的胆却是壮的。她一见父亲倒在地上，凝血聚在身边，立即走过去。她见父亲的脚还在流血，急解下自己的外衣在他腿上紧紧地绞。血果然止住，但父亲已在死的门外候着了。

母亲这时虽然无力也得橐着父亲走。她以为躺在这用虎豹做看护的森林病床上，倒不如早些离开为妙。在一所没有路的新地，想要安易地回到家里，虽不致如煮沙成饭那么难，可也不容易。母亲好容易把父亲橐过小溪，但找来找去总找不着原路。她知道在急忙中走错了道，就住步四围张望，在无意间把父亲撂在地上，自己来回地找路。她心越乱，路越迷，怎样也找不着。回到父亲身边，夜幕已渐次落下来了！她想无论如何，不能在林里过夜，总得把父亲橐出来。不幸这次她的力量完全丢了，怎么也举父亲不起，这教她进退两难了。守着呢？丈夫的伤势像很沉重，夜来若再遇见毒蛇猛兽，那就同归于尽了。走呢？自己一个又忍不得离开。绞尽脑髓，终不能想出何等妙计。最后她决定自己一个人找路出来。她摘了好些叶子，折了好些小树枝把父亲遮盖着。用了一刻工夫，居然堆成一丛小林。她手里另抱着许多合欢叶，走几步就放下一片，有时插在别的树叶上，有时结在草上，有时塞在树皮里，为要做回来的路标。她走了约有五六百步，一弯新月正压眉梢，距离不远，已隐约可以看见些村屋。

她出了林，往有房屋的地方走，可惜这不是我们的村，也不是邻舍；是树林别一方面的村庄，我母亲不曾到过的。那时已经八九点了。村人怕野兽，早都关了门。她拍手求救，总不见有慷慨出来帮助的。她跑到村后，挨那篱笆向里瞻望。

那一家的篱笆里，在淡月中可以看见两三个男子坐在树下吸烟、闲谈。母亲合着掌从篱外伸进去，求他们说："诸位好邻人，赶快帮助我到树林里，扶我丈夫出来吧。"男子们听见篱外发出哀求的声，不由得走近看看。母亲接着央求他们说："我丈夫在树林里，负伤很重，你们能帮助我进去把他扶出来么？"内中有个多髭的人问母亲说："天色这么晚，你怎么知道你丈夫在树林里？"母亲回答说："我是从树林出来的。我和他一同进去，他在中途负伤。"

几个男子好像审案一般，这个一言，那个一语，只顾盘问。有一个说："既然你和他一同进去，为什么不会扶他出来？"有一个说："你看她连外衣也没穿，哪里像是出去玩的样子！想是在林中另有别的事吧。"又有一个说："女人的话信不得。她不晓得是个什么人。哪有一个女人，昏夜从树林跑出的道理？"

在昏夜中，女人的话有时很有力量，有时她的声音像向没有空气的地方发出，人家总不理会。我母亲用尽一个善女人所能说的话对他们解释，怎奈那班心硬的男子们都觉得她在那里饶舌。她最好的方法，只有离开那里。

她心中惦念林中的父亲，说话本有几分恍惚，再加上那几个男子的抢白，更是羞急万分。她实在不认得道回家，纵然认得，也未必敢走。左右思量，还是回到树林里去。

　　在向着树林的归途中，朝霞已从后面照着她了。她在一个道途不熟的黑夜里，移步固然很慢，而废路又走了不少，绕了几个弯，有时还回到原处。这一夜的步行，足够疲乏了。她踱到人家一所菜圃，那里有一张空凳子，她顾不得什么，只管坐下。

　　不一会，出来一个七八岁的孩子，定睛看着她，好像很诧异似的。母亲知道他是这里的小主人，就很恭敬地对他说明。孩子的心比那般男子好多了。他对母亲说："我背着我妈同你去吧。我们牢里有一匹白母牛，天天我们要从它榨出些奶子，现在我正要牵它出来。你候一候吧，我教它让你骑着走，因为你乏了。"孩子牵牛出来，也不榨奶，只让母亲骑着，在朝阳下，随着路标走入林中。

　　母亲在牛背上，眼看快到父亲身边了。昨夜所堆的叶子，一叶也没剩下。精神慌张的人，连大象站在旁边也不理会，真奇怪呀！她起先很害怕，以为父亲的身体也同叶子一同消灭了。后来看见那只和他们很要好的象正在咀嚼夜间她所预备的叶子，心才安然一些。

　　下了牛背，孩子扶她到父亲安卧的地方，但是人已不在了。这一吓，非同小可，简直把她苦得欲死不得。孩子的眼快一点，心地又很安宁，父亲一下子就让他找到了。他指着那边树根上那人说："那个是不是？"母亲一看，速速地扶着他走过去。

缀网劳蛛

母亲喜出望外，问说："你什么时候醒过来的？怎么看见我们来了，也不作一声？"

父亲没有回答她的话，只说："我渴得很。"

孩子抢着说："挤些奶子他喝。"他摘一片光面的叶子到母牛腹下挤了些来给父亲喝。

父亲的精神渐次回复了，对母亲说："我是被大象摇醒的。醒来不见你，只见它在旁边，吃叶子。为何这里有那么些叶子？是你预备的吧……我记得昨天受伤的地方不是在这里。"

母亲把情形告诉他，又问他为何伤得那么厉害。他说是无意中触着毒刺，折入胫里，他一拔出来血就随着流，不忍教母亲知道，打算自己治好再出来。谁知越治血流得越多，至于晕过去，醒来才知道替他止血的还是母亲。

父亲知道白母牛是孩子的，就对他说了些感谢的话，也感激母亲说："若不是你去带这匹母牛来，恐怕今早我也起不来。"

母亲很诚恳地回答："溪水也可以喝的，早知道你要醒过来，我当然不忍离开你。真对不住你了。"

"谁是先知呢？刚才给我喝的奶子，实在胜过天上醍醐，多亏你替我找来！"父亲说时，挺着身子想要起来，可是他的气力很弱，动弹得不大灵敏。母亲向孩子借了母牛让父亲骑着。于是孩子先告辞回去了。

父亲赞美她的忠心，说她比醍醐海出来的乐斯迷更好，母亲那时也觉得昨晚上备受苦辱，该得父亲的赞美的。她也很得意地说："权当我为乐斯迷吧！"自那时以后，父亲常叫她做乐斯迷。

# 枯杨生花

秒，分，年月，
是用机械算的时间。
白头，皱皮，
是时间栽培的肉身。
谁曾见过心生白发？
起了皱纹？
心花无时不开放，
虽寄在愁病身、老死身中，
也不减他的辉光。
那么，谁说枯杨生花不久长？
"身不过是粪土"，
是栽培心花的粪土。
污秽的土能养美丽的花朵，
所以老死的身能结长寿的心果。

缀网劳蛛

在这渔村里，人人都是惯于海上生活的。就是女人们有时也能和她们的男子出海打鱼，一同在那漂荡的浮屋过日子。但住在村里，还有许多愿意和她们的男子过这样危险生活也不能底女子们，因为她们的男子都是去国的旅客，许久许久才随着海燕一度归来，不到几个月又转回去了。可羡燕子的归来都是成双的；而背离乡井的旅人，除了他们的行李以外，往往还还，终是非常孤零。

小港里，榕荫深处，那家姓金的，住着一个老婆子云姑和她的媳妇。她的儿子是个远道的旅人，已经许久没有消息了。年月不歇地奔流，使云姑和她媳妇的身心满了烦闷、苦恼，好像溪边的岩石，一方面被这时间的水冲刷了她们外表的光辉，一方面又从上流带了许多垢秽来停滞在她们身边。这两位忧郁的女人，为她们的男子不晓得费了许多无用的希望和探求。

这村，人烟不甚稠密，生活也很相同，所以测验命运的瞎先生很不轻易来到。老婆子一听见"报君知"的声音，没一次不赶快出来候着，要问行人的气运。她心里的想念比媳妇还切。这缘故，除非自己说出来，外人是难以知道的。每次来，都是这位瞎先生；每回的卦，都是平安、吉利；所短的只是时运来到。

那天，瞎先生又敲着他的报君知来了。老婆子早在门前等候。瞎先生是惯在这家测算的，一到，便问："云姑，今天还问行人么？"

"他一天不回来，终是要烦你的。不过我很思疑你的占法有点不灵验。这么些年，你总是说我们能够会面，可是现在连书信的影儿也没有了。你最好就是把小钲给了我，去干别的营生罢。你这不灵验的先生！"

瞎先生赔笑说："哈哈，云姑又和我闹玩笑了。你儿子的时运就是这样——好的要等着；坏的……"

"坏的怎样？"

"坏的立刻验。你的卦既是好的，就得等着。纵然把我的小钲摔破了也不能教他的好运早进一步的。我告诉你，若要相见，倒用不着什么时运，只要你肯去找他就可以，你不是去过好几次了么。"

"若去找他，自然能够相见，何用你说？啐！"

"因为你心急，所以我又提醒你，我想你还是走一趟好。今天你也不要我算了。你到那里，若见不着他，回来再把我的小钲取去也不迟。那时我也要承认我的占法不灵，不配干这营生了。"

瞎先生这一番话虽然带着搭讪的意味，可把云姑远行寻子的念头提醒了。她说："好吧，过一两个月再没有消息，我一定要去走一遭。你且候着，若再找不着他，提防我摔碎你的小钲。"

瞎先生连声说："不至于，不至于。"扶起他的竹杖，顺着池边走。报君知的声音渐渐地响到榕荫不到的地方。

一个月，一个月，又很快地过去了。云姑见他老没消息，径同着媳妇从乡间来。路上的风波，不用说，是受够了。老婆子从前是来过三两次的，所以很明白往儿子家里要往哪方前进。前度曾来的门墙依然映入云姑的瞳子，她觉得今番的颜色比前辉煌得多。眼中的瞳子好像对她说："你看儿子发

缀网劳蛛

财了！"

她早就疑心儿子发了财，不顾母亲，一触这鲜艳的光景，就带着呵责对媳妇说："你每用话替他粉饰，现在可给你亲眼看见了。"她见大门虚掩，顺手推开，也不打听，就往里迈步。

媳妇说："这怕是别人的住家；娘敢是走错了。"

她索性拉着媳妇的手，回答说："哪会走错？我是来过好几次的。"媳妇才不做声，随着她走进去。

嫣媚的花草各立定在门内的小园，向着这两个村婆装腔、作势。路边两行千心妓女 ① 从大门达到堂前，剪得齐齐的。媳妇从不曾见过这生命的扶槛，一面走着，一面用手在上头捋来捋去。云姑说："小奴才，很会享福呀！怎么从前一片瓦砾场，今儿能长出这般烂漫的花草？你看这奴才又为他自己化了多少钱。他总不想他娘的田产都是为他念书用完的。念了十几二十年书，还不会剩钱；刚会剩钱，又想自己化了。哼！"

说话间，已到了堂前。正中那幅拟南田的花卉仍然挂在壁上。媳妇认得那是家里带来的，越发安心坐定。云姑只管望里面探望，望来望去，总不见儿子的影儿。她急得嚷道："谁在里头？我来了大半天，怎么没有半个人影儿出来接应？"这声浪拥出一个小厮来。

"你们要找谁？"

老妇人很气地说："我要找谁！难道我来了，你还装做不认识么？快请你主人出来。"

小厮看见老婆子生气，很不好惹，遂恭恭敬敬地说："老太太敢是大人的亲眷？"

---

① 千心妓女：地肤草别名。

"什么大人？在他娘面前也要排这样的臭架。"这小厮很诧异，因为他主人的母亲就住在楼上，哪里又来了这位母亲。他说："老太太莫不是我家萧大人的……"

"什么萧大人？我儿子是金大人。"

"也许是老太太走错门了。我家主人并不姓金。"

她和小厮一句来，一句去，说的怎么是，怎么不是——闹了一阵还分辨不清。闹得里面又跑出一个人来。这个人却认得她，一见便说："老太太好呀！"她见是儿子成仁的厨子，就对他说："老宋你还在这里。你听那可恶的小厮硬说他家主人不姓金，难道我的儿子改了姓不成？"

厨子说："老太太哪里知道？少爷自去年年头就不在这里住了。这里的东西都是他卖给人的。我也许久不吃他的饭了。现在这家是姓萧的。"

成仁在这里原有一条谋生的道路，不提防年来光景变迁，弄得他朝暖不保夕寒；有时两三天才见得一点炊烟从屋角冒上来。这样生活既然活不下去，又不好坦白地告诉家人。他只得把房子交回东主；一切家私能变卖的也都变卖了。云姑当时听见厨子所说，便问他现在的住址。厨子说："一年多没见金少爷了，我实在不知道他现在在哪里。我记得他对我说过要到别的地方去。"

厨子送了她们二人出来，还给她们指点道途。走不远，她们也就没有主意了。媳妇含泪低声地自问："我们现在要往那里去？"但神经过敏的老婆子以为媳妇奚落他，便使气说："往去处去！"媳妇不敢再做声，只默默地扶着她走。

这两个村婆从这条街走到那条街，亲人既找不着，道途

綴網勞蛛

又不熟悉，各人提着一个小包袱，在街上只是来往地踱。老人家走到极疲乏的时候，才对媳妇说道："我们先找一家客店住下吧。可是……店在哪里，我也不熟悉。"

"那怎么办呢？"

她们俩站在街心商量，可巧一辆摩托车从前面慢慢地驶来。因着警号的声音，使她们靠里走，且注意那坐在车上的人物。云姑不看则已，一看便呆了大半天。媳妇也是如此，可惜那车不等她们嚷出来，已直驶过去了。

"方才在车上的，岂不是你的丈夫成仁？怎么你这样呆头呆脑，也不会叫他的车停一会？"

"呀，我实在看呆了！但我怎好意思在街上随便叫人？"

"哼！你不叫，看你今晚上往哪里住去。"

自从那摩托车过去以后，她们心里各自怀着一个意思。做母亲的想她的儿子在此地享福，不顾她，教人瞒着她说他穷。做媳妇的以为丈夫是另娶城市的美妇人，不要她那样的村婆了。所以她暗地也埋怨自己的命运。

前后无尽的道路，真不是容人想念或埋怨的地方呀。她们俩，无论如何，总得找个住宿的所在；眼看太阳快要平西，若还犹豫，便要露宿了。在她们心绪紊乱中，一个巡捕弄着手里的大黑棍子，撮起嘴唇，优悠地吹着些很鄙俗的歌调走过来。他看见这两个妇人，形迹异常，就向前盘问。巡捕知道她们是要找客店的旅人，就遥指着远处一所栈房说："那间就是客店。"她们也不能再走，只得听人指点。

她们以为大城里的道路也和村庄一样简单，人人每天都是走着一样的路程。所以第二天早晨，老婆子顾不得梳洗，便跑到昨天她们与摩托车相遇的街上。她又不大认得道，好容易才给她找着了。站了大半天，虽有许多摩托车从她面前经过，然而她心意中的儿子老不在各辆车上坐着。她站了一会，再等一会，巡捕当然又要上来盘问。她指手画脚，尽力形容，大半天巡捕还不明白她说的是什么意思。巡捕只好教她走；劝她不要在人马扰攘的街心站着。她沉吟了半晌，才一步一步地踱回店里。

媳妇挨在门框旁边也盼望许久了。她热望着婆婆给她好消息来，故也不歇地望着街心。从早晨到晌午，总没离开大门，等她看见云姑还是独自回来，她的双眼早就嵌上一层玻璃罩子。这样的失望并不希奇，我们在每日生活中有时也是如此。

云姑进门，坐下，喘了几分钟，也不说话，只是摇头。许久才说："无论如何，我总得把他找着。可恨的是人一发达就把家忘了，我非得把他找来清算不可。"媳妇虽是伤心，还得挣扎着安慰别人。她说："我们至终要找着他。但每日在街上候着，也不是个办法，不如雇人到处打听去更妥当。"婆婆动怒了，说："你有钱，你雇人打听去。"静了一会，婆婆又说："反正那条路我是认得的，明天我还得到那里候着。前天我们是黄昏时节遇着他的，若是晚半天去，就能遇得着。"媳妇说："不如我去。我健壮一点，可以多站一会。"婆婆摇头回答："不成，不成。这里人心极坏，年轻的妇女少出去一些为是。"媳妇很失望，低声自说："那天呵责我不拦车叫人，现在又不许人去。"云姑翻起脸来说："又和你娘拌嘴了。这

缀网劳蛛

是什么时候？"媳妇不敢再做声了。

当下她们说了些找寻的方法。但云姑是非常固执的，她非得自己每天站在路旁等候不可。

老妇人天天在路边候着，总不见从前那辆摩托车经过。倏忽的光阴已过了一个月有余，看来在店里住着是支持不住了。她想先回到村里，往后再作计较。媳妇又不大愿意快走，怎奈婆婆底性子，做什么事都如箭在弦上，发出的多，挽回的少；她的话虽在喉头，也得从容地再吞下去。

她们下船了。舷边一间小舱就是她们的住处。船开不久，浪花已顺着风势频频地打击圆窗。船身又来回簸荡，把她们都荡晕了。第二晚，在眠梦中，忽然"花拉"一声，船面随着起一阵恐怖的呼号。媳妇忙挣扎起来，开门一看，已见客人拥挤着，窜来窜去，好像老鼠入了吊笼一样。媳妇忙退回舱里，摇醒婆婆说："阿娘，快出去吧！"老婆子忙爬起来，紧拉着媳妇望外就跑。但船上的人你挤我，我挤你；船板又湿又滑；恶风怒涛又不稍减；所以搭客因摔倒而滚入海的很多。她们二人出来时，也摔了一跤；婆婆一撒手，媳妇不晓得又被人挤到什么地方去了。云姑被一个青年人扶起来，就紧揪住一条桅索，再也不敢动一动。她在那里只高声呼唤媳妇，但在那时，不要说千呼万唤，就是雷音狮吼也不中用。

天明了，可幸船还没沉，只搁在一块大礁石上，后半截完全泡在水里。在船上一部分人因为慌张拥挤的缘故，反比船身沉没得快。云姑走来走去，怎也找不着她媳妇。其实夜间不晓得丢了多少人，正不止她媳妇一个。她哭得死去活来，也没人来劝慰。那时节谁也有悲伤，哀哭并非稀奇难遇的事。

船搁在礁石上好几天，风浪也渐渐平复了。船上死剩的人都引领盼顾，希望有船只经过，好救度他们。希望有时也可以实现的，看天涯一缕黑烟越来越近，云姑也忘了她的悲哀，随着众人呐喊起来。

云姑随众人上了那只船以后，她又想念起媳妇来了。无知的人在平安时的回忆总是这样。她知道这船是向着来处走，并不是往去处去的，于是她的心绪更乱。前几天因为到无可奈何的时候才离开那城，现在又要折回去，她一想起来，更不能制止泪珠的乱坠。

现在船中只有她是悲哀的。客人中，很有几个走来安慰她，其中一位朱老先生更是殷勤。他问了云姑一席话，很怜悯她，教她上岸后就在自己家里歇息，慢慢地寻找她的儿子。

慈善事业只合淡泊的老人家来办的；年少的人办这事，多是为自己的愉快，或是为人间的名誉恭敬。朱老先生很诚恳地带着老婆子回到家中，见了妻子，把情由说了一番。妻子也仁惠，忙给她安排屋子，凡生活上一切的供养都为她预备了。

朱老先生用尽方法替她找儿子，总是没有消息。云姑觉得住在别人家里有点不好意思。但现在她又回去不成了。一个老妇人，怎样营独立的生活！从前还有一个媳妇将养她，现在媳妇也没有了。晚景朦胧，的确可怕、可伤。她青年时又很要强、很独断，不肯依赖人，可是现在老了。两位老主人也乐得她住在家里，故多用方法使她不想。

人生总有多少难言之隐，而老年的人更甚。她虽不惯居住城市，而心常在城市。她想到城市来见见她儿子的面是她

缀网劳蛛

生活中最要紧的事体。这缘故，不说她媳妇不知道，连她儿子也不知道。她隐秘这事，似乎比什么事都严密。流离的人既不能满足外面的生活，而内心的隐情又时时如毒蛇围绕着她。老人的心还和青年人一样，不是离死境不远的。她被思维的毒蛇咬伤了。

朱老先生对于道旁人都是一样爱惜，自然给她张罗医药，但世间还没有药能够医治想病。他没有法子，只求云姑把心事说出，或者能得一点医治的把握。女人有话总不轻易说出来的。她知道说出来未必有益，至终不肯吐露丝毫。

一天，一天，很容易过，急他人之急的朱老先生也急得一天厉害过一天。还是朱老太太聪明，把老先生提醒了说："你不是说她从沧海来的呢？四妹夫也是沧海姓金的，也许他们是同族，怎不向他打听一下？"

老先生说："据你四妹夫说沧海全村都是姓金的，而且出门的很多，未必他们就是近亲；若是远族，那又有什么用处？我也曾问过她认识思敬不认识，她说村里并没有这个人。思敬在此地四十多年，总没回去过；在理，他也未必认识她。"

老太太说："女人要记男子的名字是很难的。在村里叫的都是什么'牛哥''猪郎'，一出来，把名字改了，叫人怎能认得？女人的名字在男子心中总好记一点，若是沧海不大，四妹夫不能不认识她。看她现在也六十多岁了；在四妹夫来时，她至少也在二十五六岁左右。你说是不是？不如你试到他那里打听一下。"

他们商量妥当，要到思敬那里去打听这老妇人的来历。思敬与朱老先生虽是连襟，却很少往来。因为朱老太太的四妹很早死，只留下一个儿子砺生。亲戚家中既没有女人，除年节的遗赠以外，是不常往来的。思敬的心情很坦荡，有时也诙谐，自妻死后，便将事业交给那年轻的儿子，自己在市外盖了一所别庄，名做沧海小浪仙馆，在那里已经住过十四五年了。白手起家的人，像他这样知足，会享清福的很少。

小浪仙馆是藏在万竹参差里。一湾流水围绕林外，俨然是个小洲，需过小桥方能达到馆里。朱老先生顺着小桥过去。小林中养着三四只鹿，看见人在道上走，都抢着跑来。深秋的昆虫，在竹林里也不少，所以这小浪仙馆都满了虫声、鹿迹。朱老先生不常来，一见这所好园林，就和拜见了主人一样。在那里盘桓了多时。

思敬的别庄并非金碧辉煌的高楼大厦，只是几间覆茅的小屋。屋里也没有什么稀世的珍宝，只是几架破书，几卷残画。老先生进来时，精神怡悦的思敬已笑着出来迎接。

"襟兄少会呀！你在城市总不轻易到来，今日是什么兴头使你老人家光临？"

朱老先生说："自然，'没事就不登三宝殿'，我来特要向你打听一件事。但是你在这里很久没回去，不一定就能知道。"

思敬问："是我家乡的事么？"

"是，我总没告诉你我这夏天从香港回来，我们的船在水程上救济了几十个人。"

"我已知道了，因为砺生告诉我。我还教他到府上请安去。"

老先生诧异说："但是砺生不曾到我那里。"

"他一向就没去请安么？这孩子越学越不懂事了！"

缀网劳蛛

"不，他是很忙的，不要怪他。我要给你说一件事：我在船上带了一个老婆子……"

诙谐的思敬狂笑，拦着说："想不到你老人家的心总不会老！"

老先生也笑了说："你还没听我说完哪。这老婆子已六十多岁了，她是为找儿子来的，不幸找不着，带着媳妇要回去。风浪把船打破，连她的媳妇也打丢了。我见她很零丁，就带她回家里暂住。她自己说是从沧海来的。这几个月中，我们夫妇为她很担心，想她自己一个人再去又没依靠的人；在这里，又找不着儿子，自己也急出病来了。问她的家世，她总说得含含糊糊，所以特地来请教。"

"我又不是沧海的乡正，不一定就能认识她。但六十左右的人，多少我还认识几个。她叫什么名字？"

"她叫作云姑。"

思敬注意起来了。他问："是嫁给日腾的云姑么？我认得一位日腾嫂小名叫云姑，但她不致有个儿子到这里来，使我不知道。"

"她一向就没说起她是日腾嫂，但她儿子名叫成仁，是她亲自对我说的。"

"是呀，日腾嫂的儿子叫阿仁是不错的。这，我得去见见她才能知道。"

这回思敬倒比朱老先生忙起来了。谈不到十分钟，他便催着老先生一同进城去。

一到门，朱老先生对他说："你且在书房候着，待我先进去告诉她。"他跑进去，老太太正陪着云姑在床沿坐着。老先生对她说：“你的妹夫来了。这是很凑巧的，他说认识她。”他又向云姑说：“你说不认得思敬，思敬倒认得你呢。他已经来了，待一回，就要进来看你。”

老婆子始终还是说不认识思敬。等他进来，问她：“你可是日腾嫂？”她才惊讶起来。怔怔地望着这位灰白眉发的老人。半晌才问：“你是不是日辉叔？”

“可不是！”老人家的白眉望上动了几下。

云姑的精神这回好像比没病时还健壮。她坐起来，两只眼睛凝望着老人，摇摇头叹说：“呀，老了！”

思敬笑说：“老么？我还想活三十年哪。没想到此生还能在这里见你！”

云姑的老泪流下来，说：“谁想得到？你出门后总没有信。若是我知道你在这里，仁儿就不至于丢了。”

朱老先生夫妇们眼对眼在那里猜哑谜，正不晓得他们是怎么一回事。思敬坐下，对他们说：“想你们二位要很诧异我们的事。我们都是亲戚，年纪都不小了，少年时事，说说也无妨。云姑是我一生最喜欢、最敬重的。她的丈夫是我同族的哥哥，可是她比我小五岁。她嫁后不过一年，就守了寡——守着一个遗腹子。我于她未嫁时就认得她的，我们常在一处。自她嫁后，我也常到她家里。”

“我们住的地方只隔一条小巷，我出入总要由她门口经过。自她寡后，心性变得很浮躁，喜怒又无常，我就不常去了。”

“世间凑巧的事很多！阿仁长了五六岁，偏是很像我。”

朱老先生截住说：“那么，她说在此地见过成仁，在摩托车上的定是砺生了。”

缀网劳蛛

"你见过砺生么？砺生不认识你，见着也未必理会。"他向着云姑说了这话，又转过来对着老先生，"我且说村里的人很没知识，又很爱说人闲话；我又是弱房的孤儿，族中人总想找机会来欺负我。因为阿仁，几个坏子弟常来勒索我，一不依，就要我见官去，说我'盗嫂'，破寡妇的贞节。我为两方的安全，带了些少金钱，就跑到这里来。其实我并不是个商人，赶巧又能在这里成家立业。但我终不敢回去，恐怕人家又来欺负我。"

"好了，你既然来到，也可以不用回去。我先给你预备住处，再想法子找成仁。"

思敬并不多谈什么话，只让云姑歇下，同着朱老先生出外厅去了。

当下思敬要把云姑接到别庄里，朱老先生因为他们是同族的嫂叔，当然不敢强留。云姑虽很喜欢，可躺病在床，一时不能移动，只得暂时留在朱家。

在床上的老病人，忽然给她见着少年时所恋、心中常想而不能说的爱人，已是无上的药饵足能治好她。此刻她的眉也不皱了。旁边人总不知她心里有多少愉快，只能从她面部的变动测验一点。

她躺着翻开她心史最有趣的一页。

记得她丈夫死时，她不过是二十岁，虽有了孩子，也是难以守得住；何况她心里又另有所恋。日日和所恋的人相见，实在教她忍不得去过那孤寡的生活。

邻村的天后宫，每年都要演酬神戏。村人借着这机会可以消消闲，所以一演剧时，全村和附近的男女都来聚在台下，从日中看到第二天早晨。那夜的戏目是《杀子报》，云姑也在台下坐着看。不到夜半，她已看不入眼，至终给心中的烦闷催她回去。

回到家里，小婴儿还是静静地睡着；屋里很热，她就依习惯端一张小凳子到偏门外去乘凉。这时巷中一个人也没有。近处只有印在小池中的月影伴着她。远地的锣鼓声、人声，又时时送来搅扰她的心怀。她在那里，对着小池暗哭。

巷口，脚步的回声令她转过头来视望。一个人吸着旱烟筒从那边走来。她认得是日辉，心里顿然安慰。日辉那时是个斯文的学生，所住的是在村尾，这巷是他往来必经之路。他走近前，看见云姑独自一人在那里，从月下映出她双颊上几行泪光。寡妇的哭本来就很难劝。他把旱烟吸得嗅嗅有声，站住说："还不睡去，又伤心什么？"

她也不回答，一手就把日辉的手揸住。没经验的日辉这时手忙脚乱，不晓得要怎样才好。许久，他才说："你把我揸住，就能使你不哭么？"

"今晚上，我可不让你回去了。"

日辉心里非常害怕，血脉动得比常时快，烟筒也揸得不牢，落在地上。他很郑重地对云姑说："谅是今晚上的戏使你苦恼起来。我不是不依你，不过这村里只有我一个是'读书人'，若有三分不是，人家总要加上七分遣谪。你我的名分已是被定到这步田地，族人对你又怀着很大的希望，我心里即如火焚烧着，也不能用你这点清凉水来解救。你知道若是有父母替我做主，你早是我的人，我们就不用各受各的苦了。不用心急，我总得想方法安慰你。我不是怕破坏你的贞节，

缀网劳蛛

也不怕人家骂我乱伦，因为我们从少时就在一处长大的，我们的心肠比那些还要紧。我怕的是你那儿子还小，若是什么风波，岂不白害了他？不如再等几年，我有多少长进的时候？再……"

屋里的小孩子醒了，云姑不得不松了手，跑进去招呼他。日辉乘隙走了。妇人出来，看不见日辉，正在怅望，忽然有人拦腰抱住她。她一看，却是本村的坏子弟臭狗。

"臭狗，为什么把人抱住？"

"你们的话，我都听见了。你已经留了他，何妨再留我？"

妇人急起来，要嚷。臭狗说："你一嚷，我就去把日辉揪来对质，一同上祠堂去；又告诉禀保，不保他赴府考，叫他秀才也做不成。"他嘴里说，一只手在女人头面身上自由摩挲，好像乩在沙盘上乱动一般。

妇人嚷不得，只能用最后的手段，用极甜软的话向着他："你要，总得人家愿意；人家若不愿意，就许你抱到明天，那有什么用处？你放我下来，等我进去把孩子挪过一边……"

性急的臭狗还不等她说完，就把她放下来。一副谄媚如小鬼的脸向着妇人说："这回可愿意了。"妇人送他一次媚视，转身把门急掩起来。臭狗见她要逃脱，赶紧插一只脚进门限里。这偏门是独扇的，妇人手快，已把他的脚夹住，又用全身的力量顶着。外头，臭狗求饶的声，叫不绝口。

"臭狗，臭狗，谁是你占便宜的，臭蛤蟆。臭蛤蟆要吃肉也得想想自己没翅膀！何况你这臭狗，还要跟着凤凰飞，有本领，你就进来吧。不要脸！你这臭鬼，真臭得比死狗还臭。"

外头直告饶，里边直詈骂，直堵。妇人力尽的时候才把他放了。那夜的好教训是她应受的。此后她总不敢于夜中在门外乘凉了。臭狗吃不着"天鹅"，只是要找机会复仇。

过几年，成仁已四五岁了。他长得实在像日辉，村中多事的人——无疑臭狗也在内——硬说他的来历不明。日辉本是很顾体面的，他禁不起千口同声硬把事情搁在他身，使他清白的名字被涂得漆黑。

那晚上，雷雨交集。妇人怕雷，早把窗门关得很严，同那孩子伏在床上。子刻已过，当巷的小方窗忽然霍霍地响。妇人害怕不敢问。后来外头叫了一声"腾嫂"，她认得这又斯文又惊惶的声音，才把窗门开了。

"原来是你呀！我以为是谁。且等一会，我把灯点好，给你开门。"

"不，夜深了，我不进去，你也不要点灯了，我就站在这里给你说几句话罢。我明天一早就要走了。"这时电光一闪，妇人看见日辉脸上、身上满都湿了。她还没工夫辨别那是雨、是泪，日辉又接着往下说："因为你，我不能再在这村里住，反正我的前程是无望的了。"

妇人默默地望着他，他从袖里掏出一卷地契出来，由小窗送进去。说："嫂子，这是我现在所能给你的。我将契写成卖给成仁的字样，也给县里的房吏说好了。你可以收下，将来给成仁做书金。"

他将契交给妇人，便要把手缩回。妇人不顾接契，忙把他的手揸住。契落在地上，妇人好像不理会，双手捧着日辉的手往复地摩挲，也不言语。

"你忘了我站在深夜的雨中么？该放我回去啦，待一会有

缀网劳蛛

人来，又不好了。"

妇人仍是不放，停了许久，才说："方才我想问你什么来，可又忘了……不错，你还没告诉我你要到哪里去咧。"

"我实在不能告诉你，因为我要先到厦门去打听一下再定规。我从前想去的是长崎，或是上海，现在我又想向南洋去，所以去处还没一定。"

妇人很伤悲地说："我现在把你的手一撒，就像把风筝的线放了一般，不知此后要到什么地方找你去。"

她把手撒了，男子仍是呆呆地站着。他又像要说话的样子，妇人也默默地望着。雨水欺负着外头的行人，闪电专要吓里头的寡妇，可是他们都不介意。在黑暗里，妇人只听得一声："成仁大了，务必叫他到书房去。好好地栽培他，将来给你道封诰。"

他没容妇人回答什么，担着破伞走了。

这一别四十多年，一点音信也没有。女人的心现在如失宝重还，什么音信、消息、儿子、媳妇，都不能动她的心了。她的愉快足能使她不病。

思敬于云姑能起床时，就为她预备车辆，接她到别庄去。在那虫声高低、鹿迹零乱的竹林里，这对老人起首过他们曾希望过的生活。云姑呵责思敬说他总没音信，思敬说："我并非不愿给你知道我离乡后的光景，不过那时，纵然给你知道了，也未必是你我两人的利益。我想你有成仁，别后已是闲话满嘴了；若是我回去，料想你必不轻易放我再出来。那时，若要进前，便得吃官司；要退后，那就不可设想了。"

"自娶妻后，就把你忘了，我并不是真忘了你，为常记念你只能增我的忧闷，不如权当你不在了。又因我已娶妻。所以越不敢回去见你。"

说话时，遥见他儿子砺生的摩托车停在林外。他说："你从前遇见的'成仁'来了。"

砺生进来，思敬命他叫云姑为母亲。又对云姑说："他不像你的成仁么？"

"是呀，像得很！怪不得我看错了。不过细看起来，成仁比他老得多。"

"那是自然的，成仁长他十岁有余咧。他现在不过三十四岁。"

现在一提起成仁，她的心又不安了。她两只眼睛望空不歇地转。思敬劝说："反正我的儿子就是你的。成仁终归是要找着的，这事交给砺生办去，我们且宽怀过我们的老日子吧。"

和他们同在的朱老先生听了这话，在一边狂笑，说："'想不到你老人家的心还不会老！'现在是谁老了！"

思敬也笑说："我还是小叔呀。小叔和寡嫂同过日子也是应该的。难道还送她到老人院去不成？"

三个老人在那里卖老，砺生不好意思，借故说要给他们办筵席，乘着车进城去了。

壁上自鸣钟叮当响了几下，云姑像感得是沧海瞎先生敲着报君知来告诉她说："现在你可什么都找着了！这行人卦得赏双倍，我的小钲还可以保全哪。"

那晚上的筵席，当然不是平常的筵席。

缀网劳蛛

# 读《芝兰与茉莉》因而想及我的祖母

　　正要到哥伦比亚的检讨室里校阅梵籍，和死和尚争虚实，经过我的邮筒，明知每次都是空开的，还要带着希望姑且开来看看。这次可得着一卷东西，知道不是一分钟可以念完的。遂插在口袋里，带到检讨室去。

　　我正研究唐代佛教在西域衰灭的原因，翻起史太因在和阗所得的唐代文契，一读马令痣同母党二娘向护国寺僧虎英借钱的私契，妇人许十四典首饰契，失名人的典婢契等等，虽很有趣，但掩卷一想，恨当时的和尚只会营利，不顾转法轮，无怪回纥一入，便尔扫灭无余。

　　为释迦文担忧，本是大愚：曾不知成、住、坏、空，是一切法性？不看了，掏出口袋里的邮件，看看是什么罢。

　　《芝兰与茉莉》

　　这名字很香呀！我把纸笔都放在一边，一气地读了半天工夫——从头至尾，一句一字细细地读。这自然比看唐代死和尚的文契有趣。读后的余韵，常绕缭于我心中；像这样的文艺很合我情绪的胃口似地。

读中国的文艺和读中国的绘画一样。试拿山水——西洋画家叫做"风景画"——来做个例：我们打稿（composition）是鸟瞰的、纵的，所以从近处的溪桥，而山前的村落，而山后的帆影，而远地的云山；西洋风景画是水平的、横的，除水平线上下左右之外，理会不出幽深的、绵远的兴致。所以中国画宜于纵的长方，西洋画宜于横的长方。文艺也是如此：西洋人的取材多以"我"和"我的女人或男子"为主，故属于横的、夫妇的；中华人的取材多以"我"和"我的父母或子女"为主，故属于纵的、亲子的。描写亲子之爱应当是中华人的特长，看近来的作品，究其文心，都函这唯一义谛。

爱亲的特性是中国文化的细胞核，除了它，我们早就要断发短服了！我们将这种特性来和西洋的对比起来，可以说中华民族是爱父母的民族；那边欧西是爱夫妇的民族。因为是"爱父母的"，故叙事直贯，有始有终，原原本本，自自然然地说下来。这"说来话长"的特性——很和拔丝山药一样地甜热而粘——可以在一切作品里找出来。无论写什么，总有从盘古以来说到而今的倾向。写孙悟空总得从猴子成精说起；写贾宝玉总得从顽石变灵说起；这写生生因果的好尚是中华文学的文心，是纵的，是亲子的，所以最易抽出我们的情绪。

八岁时，谈《诗经·凯风》和《陟岵》，不晓得怎样，眼泪没得我的同意就流下来？九岁读《檀弓》到"今丘也，东西南北之人也"一段，伏案大哭。先生问我，"今天的书并没给你多上，也没生字，为何委屈？"我说，"我并不是委屈，

缀
网
劳
蛛

我只伤心这'东西南北'四字。"第二天，接着念"晋献公将杀其世子申生"一段，到"天下岂有无父之国哉？"又哭。直到于今，这"东西南北"四个字还能使我一念便伤怀。我常反省这事，要求其使我哭泣的缘故。不错，爱父母的民族的理想生活便是在这里生、在这里长、在这里聚族、在这里埋葬，东西南北地跑当然是一种可悲的事了。因为离家、离父母、离国是可悲的，所以能和父母、乡党过活的人是可羡的。无论什么也都以这事为准绳：做文章为这一件大事做，讲爱情为这一件大事讲，我才理会我的"上坟瘾"不是我自己所特有，是我所属的民族自盘古以来遗传给我的。你如自己念一念"可爱的家乡啊！我睡眼朦胧里，不由得不乐意接受你欢迎的诚意。"和"明儿……你真要离开我了么？"应作如何感想？

爱夫妇的民族正和我们相反。夫妇本是人为，不是一生下来就铸定了彼此的关系。相逢尽可以不相识，只要各人带着，或有了各人的男女欲，就可以。你到什么地方，这欲跟到什么地方，他可以在一切空间显其功用，所以在文心上无需溯其本源，究其终局，干干脆脆，Just a word，也可以自成段落。爱夫妇的心境本含有一种舒展性和侵略性，所以乐得东西南北，到处跑。夫妇关系可以随地随时发生，又可以强侵软夺，在文心上当有一种"霸道""喜新""乐得""为我自己享受"的倾向。

总而言之，爱父母的民族的心地是"生"；爱夫妇的民族的心地是"取"。生是相续的；取是广延的。我们不是爱夫妇的民族，故描写夫妇，并不为夫妇而描写夫妇，是为父母而描写夫妇。我很少见——当然是我少见——中国文人描写夫妇时不带着"父母的"的色彩；很少见单独描写夫妇而描写得很自然的。这并不是我们不愿描写，是我们不惯描写广延性的文字的缘故。从对面看，纵然我们描写了，人也理会不出来。

《芝兰与茉莉》开宗第一句便是"祖母真爱我！"这已把我的心牵引住了。"祖母爱我"，当然不是爱夫妇的民族所能深味，但它能感我和《檀弓》差不了多少。"垂老的祖母，等得小孩子奉甘旨么？"子女生活是为父母的将来，父母的生活也是为着子女，这永远解不开的结，结在我们各人心中。触机便发表于文字上。谁没有祖父母、父母呢？他们的折磨、担心，都是像夫妇一样有个我性的么？丈夫可以对妻子说，"我爱你，故我要和你同住"；或"我不爱你，你离开我吧"。妻子也可以说："人尽可夫，何必你？"但子女对于父母总不能有这样的天性。所以做父母的自自然然要为子女担忧受苦，做子女的也为父母之所爱而爱，为父母而爱为第一件事。爱既不为我专有，"事之不能尽如人意"便为此说出来了。从爱父母的民族眼中看夫妇的爱是为三件事而起，一是继续这生生的线，二是往溯先人的旧典，三是承纳长幼的情谊。

说起书中人的祖母，又想起我的祖母来了。"事之不能尽如人意者，夫复何言！"我的祖母也有这相同的境遇呀！我的祖母，不说我没见过，连我父亲也不曾见过，因为她在我父亲未生以前就去世了。这岂不是很奇怪的么？不如意的事多着呢！爱祖母的明官，你也愿意听听我说我祖母的失意事么？

缀网劳蛛

八十年前，台湾府——现在的台南——城里武馆街有一家，八个兄弟同一个老父亲同住着，除了第六、七、八的弟弟还没娶以外，前头五个都成家了。兄弟们有做武官的，有做小乡绅的，有做买卖的。那位老四，又不做武官又不做绅士，更不会做买卖；他只喜欢念书，自己在城南立了一所小书塾名叫窥园，在那里一面读，一面教几个小学生。他的清闲，是他兄弟们所羡慕，所嫉妒的。

这八兄弟早就没有母亲了。老父亲很老，管家的女人虽然是妯娌们轮流着当，可是实在的权柄是在一位大姑手里。这位大姑早年守寡，家里没有什么人，所以常住在外家。因为许多弟弟是她帮忙抱大的，所以她对于弟弟们很具足母亲的威仪。

那年夏天，老父亲去世了。大姑当然是"阃内之长"，要督责一切应办事宜的。早晚供灵的事体，照规矩是媳妇们轮着办的。那天早晨该轮到四弟妇上供了。四弟妇和四弟是不上三年的夫妇，同是二十多岁，情爱之浓是不消说的。

大姑在厅上嚷，"素官，今早该你上供了。怎么这时候还不出来？"

居丧不用粉饰面，把头发理好，也毋需盘得整齐，所以晨妆很省事。她坐在妆台前，嚼槟榔，还吸一管旱烟。这是台湾女人们最普遍的嗜好。有些女人喜欢学土人把牙齿染黑了，她们以为牙齿白得像狗的一样不好看，将槟榔和着叶、熟灰嚼，日子一久，就可以使很白的牙齿变为漆黑。但有些女人是喜欢白牙的，她们也嚼槟榔，不过把灰灭去就可以。她起床，漱口后第一件事是嚼槟榔，为的是使牙齿白而坚固。

外面大姑的叫唤，她都听不见，只是嚼着，还吸着烟在那里出神。

四弟也在房里，听见姐姐叫着妻子，便对她说："快出去罢。姐姐要生气了。"

"等我嚼完这口槟榔，吸完这口烟才出去。时候还早咧。"

"怎么你不听姐姐的话？"

"为什么要听你姐姐的话？你为什么不听我的话？"

"姐姐就像母亲一样。丈夫为什么要听妻子的话？"

"'人未娶妻是母亲养的，娶了妻就是妻子养的。'你不听妻子的话，妻子可要打你，好像打小孩子一样。"

"不要脸，哪里来得这么大的孩子！我试先打你一下，看你打得过我不。"老四带着嬉笑的样子，拿着拓扇向妻子的头上要打下去。妻子放下烟管，一手抢了扇子，向着丈夫的额头轻打了一下，"这是谁打谁了！"

夫妇们在殡前是要在孝堂前后的地上睡的，好容易到早晨同进屋里略略梳洗一下，借这时间谈谈。他对于享尽天年的老父亲的悲哀，自然盖不过对于婚媾不久的夫妇的欢愉。所以，外头虽然尽其孝思；里面的"琴瑟"还是一样地和鸣。中国的天地好像不许夫妇们在丧期里有谈笑的权利似地。他们在闹玩时，门帘被风一吹，可巧被姐姐看见了。姐姐见她还没出来，正要来叫她，从布帘飞处看见四弟妇拿着拓扇打四弟，那无明火早就高起了一万八千丈。

"哪里来的泼妇，敢打她的丈夫！"姐姐生气嚷着。

老四慌起来了。他挨着门框向姐姐说："我们闹玩；没有什么事。"

缀网劳蛛

"这是闹玩的时候么？怎么这样懦弱，教女人打了你，还替她说话？我非问她外家，看看这是什么家教不可。"

他退回屋里，向妻子伸伸舌头。妻子也伸着舌头回答他。但外面越呵责越厉害了。越呵责，四弟妇越不好意思出去上供，越不敢出去越要挨骂，妻子哭了。他在旁边站着，劝也不是，慰也不是。

她有一个随嫁的丫头，听得姑太越骂越有劲，心里非常害怕。十三四岁的女孩，那里会想事情的关系如何？她私自开了后门，一直跑回外家，气喘喘地说，"不好了！我们姑娘被他家姑太骂得很厉害，说要赶她回来咧！"

亲家爷是个商人，头脑也很率直，一听就有了气；说，"怎样说得这样容易——要就取去，不要就扛回来？谁家养女儿是要受别人的女儿欺负的？"他是个杂货行主，手下有许多工人，一号召，都来聚在他面前。他又不打听到底是怎么一回事，对着工人们一气地说："我家姑娘受人欺负了。你们替我到许家去出出气。"工人一轰，就到了那有丧事的亲家门前，大兴问罪之师。

里面的人个个面对面呈出惊惶的状态。老四和妻子也相对无言，不晓得要怎办才好。外面的人们来得非常横逆，经兄弟们许多解释然后回去。姐姐更气得凶，跑到屋里，指着四弟妇大骂特骂起来。

"你这泼妇，怎么这一点点事情，也值得教外家的人来干涉？你敢是依仗你家里多养了几个粗人，就来欺负我们不成？难道你不晓得我们诗礼之家在丧期里要守制的么？你不孝的贱人，难道丈夫叫你出来上供是不对的，你就敢用扇头打他？

你已犯七出之条了，还敢起外家来闹？好，要吃官司，你们可以一同上堂去，请官评评。弟弟是我抱大的，我总可以做抱告。"

妻子才理会丫头不在身边。但事情已是闹大了，自己不好再辩，因为她知道大姑的脾气，越辩越惹气。

第二天早晨，姐姐召集弟弟们在灵前，对他们说，"像这样的媳妇还要得么？我想待一会，就扛她回去。"这大题目一出来，几个弟弟都没有话说，最苦的就是四弟了。他知道"扛回去"就是犯"七出之条"时"先斩后奏"的办法，就颤声地向姐姐求情。姐姐鄙夷他说："没志气的懦夫，还敢要这样的妇人么？她昨日所说的话我都听见了。女子多着呢，日后我再给你挑个好的。我们已预备和她家打官司，看看是礼教有势，还是她家工人的力量大。"

当事的四弟那时实在是成了懦夫了！他一点勇气也没有，因为这"不守制""不敬夫"的罪名太大了，他自己一时也找不出什么话来证明妻子的无罪，有赦免的余地。他跑进房里，妻子哭得眼都肿了。他也哭着向妻子说："都是你不好！"

"是，……是……我我……我不好，我对对……不起你！"妻子抽噎着说。丈夫也没有什么话可安慰她，只挨着她坐下，用手抚着她的脖项。

果然姐姐命人雇了一顶轿子，跑进房里，硬把她扶出来，把她头上的白麻硬换上一缕红丝，送她上轿去了。这意思就是说她此后就不是许家的人，可以不必穿孝。

"我有什么感想呢？我该有怎样的感想呢？懦夫呵！你不配颜在人世，就这样算了么？自私的我，却因为不贯彻无勇

缀网劳蛛

157

气而陷到这种地步，夫复何言！”当时他心里也未必没有这样的语言。他为什么懦弱到这步田地？要知道他原不是生在为夫妇的爱而生活的地方呀！

王亲家看见平地里把女儿扛回来，气得在堂上发抖。女儿也不能说什么，只跪在父亲面前大哭。老亲家口口声声说要打官司，女儿直劝无需如此，是她的命该受这样折磨的，若动官司只能使她和丈夫吃亏，而且把两家的仇恨结得越深。

老四在守制期内是不能出来的。他整天守着灵想妻子。姐姐知道他的心事，多方地劝慰他。姐姐并不是深恨四弟妇，不过她很固执，以为一事不对就事事不对，一时不对就永远不对。她看"礼"比夫妇的爱要紧。礼是古圣人定下来，历代的圣贤亲自奉行的。妇人呢？这个不好，可以挑那个。所以夫妇的配合只要有德有貌，像那不德、无礼的妇人，尽可以不要。

出殡后，四弟仍到他的书塾去。从前，他每夜都要回武馆街去的。自妻去后，就常住在窥园。他觉得一到妻子房里冷清清地，一点意思也没有，不如在书房伴着书眠还可以忘其愁苦。唉，情爱被压的人都是要伴书眠的呀！

天色晚，学也散了。他独在园里一棵芒果树下坐着发闷。妻子的随嫁丫头蓝从园门直走进来，他虽熟视着，可像不理会一样。等到丫头叫了他一声"姑爷"，他才把着她的手臂如见了妻子一般。他说："你怎么敢来？……姑娘好么？"

"姑娘命我来请你去一趟。她这两天不舒服，躺在床上哪，她吩咐掌灯后才去，恐怕人家看见你，要笑话你。"

她说完，东张西望，也像怕人看见她来，不一会就走了。

那几点钟的黄昏偏又延长了，他好容易等到掌灯时分！他到妻子家里，丫头一直就把他带到楼上，也不敢教老亲家知道。妻子的面比前几个月消疲了，他说，"我的……，"他说不下去了，只改过来说，"你怎么瘦得这个样子！"

妻子躺在床上也没起来，看见他还站着出神，就说，"为什么不坐，难道你立刻要走么？"她把丈夫揪近床沿坐下，眼对眼地看着。丈夫也想不出什么话来说，想分离后第一次相见的话是很难起首的。

"你是什么病？"

"前两天小产了一个男孩子！"

丈夫听这话，直像喝了麻醉药一般。

"反正是我的罪过大，不配有福分，连从你得来的孩子也不许我有了。"

"不要紧的，日后我们还可以有五六个。你要保养保养才是。"

妻子笑中带着很悲哀的神彩说，"痴男子，既休的妻还能有生子女的荣耀么？"说时，丫头递了一盏龙眼干甜茶来。这是台湾人待生客和新年用的礼茶。

"怎么给我这茶喝，我们还讲礼么？"

"你以后再娶，总要和我生疏的。"

"我并没休你。我们的婚书，我还留着呢。我，无论如何，总要想法子请你回去的，除了你，我还有谁？"

丫头在旁边插嘴说，"等姑娘好了，立刻就请她回去吧。"

他对着丫头说，"说得很快，你总不晓得姑太和你家主人都是非常固执，非常喜欢赌气，很难使人进退的。这都是你

缀网劳蛛

· 159 ·

弄出来的。事已如此，夫复何言！"

小丫头原是不懂事，事后才理会她跑回来报信的关系重大。她一听"这都是你弄出来的"，不由得站在一边哭起来。妻子哭，丈夫也哭。

一个男子的心志必得听那寡后回家当姑太的姐姐使令么？当时他若硬把妻子留住，姐姐也没奈他何，最多不过用"礼教的棒"来打他而已。但"礼教之棒"又真可以打破人的命运么？那时候，他并不是没有反抗礼教的勇气，是他还没得着反抗礼教的启示。他心底深密处也会像吴明远那样说："该死该死！我既爱妹妹，而不知护妹妹；我既爱我自己，而不知为我自己着想。我负了妹妹，我误了自己！事原来可以如人意，而我使之不能；我之罪恶岂能磨灭于万一，然而赴汤蹈火，又何足偿过失于万一呢？你还敢说：'事已如此，夫复何言'么？"

四弟私会出妻的事，教姐姐知道，大加申斥，说他没志气。不过这样的言语和爱情没有关系。男女相待遇本如大人和小孩一样。若是男子爱他的女人，他对于她的态度、语言、动作，都有父亲对女儿的倾向；反过来说，女人对于她所爱的男子也具足母亲对儿子的倾向。若两方都是爱者，他们同时就是被爱者。那是说他们都自视为小孩子，故彼此间能吐露出真性情来。小孩们很愿替他们的好朋友担忧、受苦、用力；有情的男女也是如此。所以姐姐的申斥不能隔断他们的私会。

妻子自回外家后，很悔她不该贪嚼一口槟榔，贪吸一管旱烟，致误了灵前的大事。此后，槟榔不再入她的口，烟也不吸了。她要为自己的罪过忏悔，就吃起长斋来。就是她亲爱的丈夫有时来到，很难得的相见时，也不使他挨近一步，恐怕玷了她的清心。她只以念经绣佛为她此生唯一的本分，夫妇的爱不由得不压在心意的崖石底下。

十几年中，他只是希望他岳丈和他姐姐的意思可以挽回于万一。自己的事要仰望人家，本是很可怜的。亲家们一个是执拗，一个是赌气，因之光天化日的时候难以再得。

那晚上，他正陪姐姐在厅上坐着，王家的人来叫他。姐姐不许说："四弟，不许你去。"

"姐姐，容我去看她一下吧。听说她这两天病得很厉害，人来叫我，当然是很要紧的，我得去看看。"

"反正你一天不另娶，是一天忘不了那泼妇的，城外那门亲给你讲了好几年，你总是不介意。她比那不知礼的妇人好得多——又美、又有德。"

这一次，他觉得姐姐的命令也可以反抗了。他不听这一套，径自跑进屋里，把长褂子一披，匆匆地出门。姐姐虽然不高兴，也没法揪他回来。

到妻子家，上楼去。她躺在床上，眼睛半闭着，病状已很凶恶。他哭不出来，走近前，摇了她一下。

"我的夫婿，你来了！好容易盼得你来！我是不久的人了，你总要为你自己的事情打算，不要像这十几年，空守着我，于你也没有益处。我不孝已够了，还能使你再犯不孝之条么？——'不孝有三，无后为大。'"

"孝不孝是我的事，娶不娶也是我的事。除了你，我还有谁？"

缀
网
劳
蛛

这时丫头也站在床沿。她已二十多岁，长得越妩媚、越懂事了。她的反省，常使她起一种不可言喻的伤心，使她觉得她永远对不起面前这位垂死的姑娘和旁边那位姑爷。

垂死的妻子说："好吧，我们的恩义是生生世世的。你看她，"她撮嘴指着丫头，用力往下说："她长大了。事情既是她弄来的，她得替我偿还。"她对着丫头说："你愿意么？"丫头红了脸，不晓得要怎样回答。她又对丈夫说，"我死后，她就是我了。你如纪念我们旧时的恩义，就请带她回去，将来好替我……"

她把丈夫的手拉去，使他搭住丫头的手，随说："唉，子女是要紧的，她将来若能替我为你养几个子女，我就把她从前的过失都宽恕了。"

妻子死后好几个月，他总不敢向姐姐提起要那丫头回来。他实在是很懦弱的，不晓怎样怕姐姐会怕到这地步！

离王亲家不远住着一位老妗婆。她虽没为这事担心，但她对于事情的原委是很明了的。正要出门，在路上遇见丫头，穿起一身素服，手挽着一竹篮东西，她问，"蓝，你要到那里去？"

"我正要上我们姑娘的坟去。今天是她的百日。"

老妗婆一手扶着杖，一手捏着丫头的嘴巴，说："你长得这么大了，还不回武馆街去么？"丫头低了头，没回答她。她又问："许家没意思要你回去么？"

从前的风俗对于随嫁的丫头多是预备给姑爷收起来做二房的，所以妗婆问得很自然。丫头听见"回去"两字，本就不好意思，她双眼望着地上，摇摇头，静默地走了。

妗婆本不是要到武馆街去的，自遇见丫头以后，就想她是个长辈之一，总得赞成这事。她一直来投她的甥女，也叫四外甥来告诉他应当办的事体。姐姐被妗母一说，觉得再没有可固执的了，说："好吧，明后天预备一顶轿子去扛她回来就是。"

　　四弟说："说得那么容易？要总得照着娶继室的礼节办，她的神主还得请回来。"

　　姐姐说："笑话，她已经和她的姑娘一同行过礼了，还行什么礼？神主也不能同日请回来的。"

　　老妗母说："扛回来时，请请客，当做一桩正事办也是应该的。"

　　他们商量好了，兄弟也都赞成这样办。"这种事情，老人家最喜欢不过"，老妗母在办事的时候当然是一早就过来了。

　　这位再回来的丫头就是我的祖母了。所以我有两个祖母，一个是生身祖母，一个是常住在外家的"吃斋祖母"——这名字是母亲给我们讲祖母的故事时所用的题目。又"丫头"这两个字是我家的"圣讳"，平常是不许说的。


　　我又讲回来了。这种父母的爱的经验，是我们最能理会的。人人经验中都有多少"祖母的心""母亲""祖父""爱儿"等等事迹，偶一感触便如悬崖泻水，从盘古以来直说到于今。我们的头脑是历史的，所以善用这种才能来描写一切的事故。又因这爱父母的特性，故在作品中，任你说到什么程度，这一点总抹杀不掉。我爱读《芝兰与茉莉》，因为它是原原本本地说，用我们经验中极普遍的事实触动我。我想凡是有祖母的人，一读这书，至少也会起一种回想的。

　　书看完了，回想也写完了，上课的钟直催着。现在的事好像比往事要紧，故要用工夫来想一想祖母的经历也不能了！大概她以后的境遇也和书里的祖母有一两点相同吧。

写于哥伦比亚图书馆四一三号，检讨室，

十三年，二月，十日。

# 慕

　　爱德华路的尽头已离村庄不远，那里都是富人的别墅。路东那间聚石旧馆便是名女士吴素霄的住家。馆前的藤花从短墙蔓延在路边的乌桕和邻居的篱笆上，把便道装饰得更华丽。

　　一个夫役拉着拉飒车来到门口，按按铃子，随即有个中年女佣捧着一畚箕的废物出来。

　　夫役接过畚箕来就倒入车里，一面问："陵妈，为什么今天的废纸格外多？又有人寄东西来送你姑娘么？"

　　"哪里？这些纸不过是早晨来的一封信……"她回头看看后面，才接着说，"我们姑娘的脾气非常奇怪。看这封信的光景，恐怕要闹出人命来。"

　　"怎么？"他注视车中的废纸，用手拨了几拨，他说，"这里头没有什么，你且说到底是怎么一回事。"

　　"在我们姑娘的朋友中，我真没见过有一位比陈先生好的。我以前不是说过他的事情么？"

· 165 ·

缀网劳蛛

"是，你说过他的才情、相貌和举止都不像平常人。许是你们姑娘羡慕他，喜欢他，他不愿意？"

"哪里？你说的正相反哪。有一天，陈先生寄一封信和一颗很大的金刚石来，她还没有看信，说把那宝贝从窗户扔出去……"

"那不太可惜么？"

"自然是很可惜。那金刚石现在还沉在池底的污泥中呢！"

"太可惜了！太可惜了！你们为何不把它淘起来？"

"呆子，你说得太容易了！那么大的池，望哪里淘去？况且是姑娘故意扔下去的，谁敢犯她？"

"那么，信里说的是什么？"

"那封信，她没看就搓了，交给我拿去烧毁。我私下把信摊起来看，可惜我认得的字不多，只能半猜半认地念。我看见那信，教我好几天坐卧不安……"

"你且说下去。"

"陈先生在信里说，金刚石是他父亲留下来给他的。他除了这宝贝以外没有别的财产。因为羡慕我们姑娘的缘故，愿意取出，送给她佩带。"

"陈先生真呆呀！"

"谁能这样说？我只怪我们的姑娘……"她说到这里，又回头望。那条路本是很清静，不妨站在一边长谈，所以她又往下说。

"又有一次，陈先生又送一幅画来给她，画后面贴着一张条子。说，那是他生平最得意的画儿，曾在什么会里得过什么金牌的。因为羡慕她，所以要用自己最宝重的东西奉送。

谁知我们姑娘哼了一声，随把画儿撕得稀烂！"

"你们姑娘连金刚石都不要了，一幅画儿值得什么？他岂不是轻看你们姑娘么？若是我做你们姑娘，我也要生气的。你说陈先生聪明，他到底比我笨。他应当拿些比金刚石更贵的东西来孝敬你们姑娘。"

"不，不然，你还不……"

"我说，陈先生何苦要这样做？若是要娶妻子，将那金刚石去换钱，一百个也娶得来，何必定要你们姑娘！"

"陈先生始终没说要我们姑娘；他只说羡慕我们姑娘。"

"那么，以后怎样呢？"

"寄画儿，不过是前十几天的事。最后来的，就是这封信了。"

"哦，这封信。"他把车里的纸捡起来，扬了一扬，翻着看，说："这纯是白纸，没有字呀！"

"可不是。这封信奇怪极了。早晨来的时候，我就看见信面写着'若是尊重我，就请费神拆开这信，否则请用火毁掉。'我们姑娘还是不看，教我拿去毁掉。我总是要看里头到底是什么，就把信拆开了。我拆来拆去，全是一张张的白纸。我不耐烦就想拿去投入火里，回头一望，又舍不得，于是一直拆下去。到末了是他自己画的一张小照。"她顺手伸入车里把那小照翻出来，指给夫役看。她说："你看，多么俊美的男子！"

"这脸上黑一块，白一块的有什么俊美？"

"你真不懂得……你看旁边的字……"

"我不认得字，还是你说给我听吧。"

缀网劳蛛

陵妈用指头指着念："尊贵的女友：我所有的都给你了，我所给你的，都被你拒绝了。现在我只剩下这一条命，可以给你，作为我最后的礼物……"

"谁问他要命呢？你说他聪明，他简直是一条糊涂虫！"

陵妈没有回答，直往下念："我知道你是喜欢的。但在我归去以前，我要送你这……"

"陵妈，陵妈，姑娘叫你呢。"这声音从园里的台阶上嚷出来，把他们的偶语冲破。陵妈把小照放入车中说："我得进去……"

"这人命的事，你得对姑娘说。"

"谁敢？她不但没教我拆开这信，且命我拿去烧毁。若是我对她说，岂不是赶蚂蚁上身！我嫌费身，没把它烧了。你速速推走吧，待一会，她知道了就不方便。"她说完，匆匆忙忙，就把疏阑的铁门关上。

那夫役引着拉飒车子往别家去了。方才那张小照被无意的风刮到地上，随着落花，任人践踏。然而这还算是那小照的幸运。流落在道上，也许会给往来的士女们捡去供养；就使给无知的孩子捡去，摆弄完，才把它撕破，也胜过让夫役运去，葬在垃圾冈里。